1판 1쇄 찍음 2017년 2월 22일
1판 1쇄 펴냄 2017년 3월 2일

지은이 | 정사부
펴낸이 | 정 필
펴낸곳 | 도서출판 뿔미디어

편집장 | 문정흠
기획 · 편집 | 선우은지 · 배희선

출판등록 | 2002년 9월 11일 (제1081-1-132호)
주소 | 경기도 부천시 원미구 소향로 17번길(두성프라자) 303호 (우) 14544
전화 | 032)651-6513 / 팩스 032)651-6094
E-mail | bbulmedia@hanmail.net
비북스 | http://www.b-books.co.kr

값 8,000원

ISBN 979-11-315-7712-7 04810
ISBN 979-11-315-7112-5 04810 (세트)

정사부 현대 판타지 장편 소설
헌팅 프론티어
Hunting Frontier
11
BBULMEDIA FANTASY STORY
뿔미디어

목차

Chapter 1
대한민국에 닥친 위기

몬스터 웨이브가 시작된 이후, 정진과 아케인 클랜의 헌터들은 뉴 서울과 뉴 대전에 몰려온 몬스터로부터 쉘터와 게이트를 지켜내기 위해 동분서주하며 맹활약하였다.

혹시나 영원의 숲에 서식하고 있는 몬스터가 숲 밖으로 나올 수 있었기에 쉘터를 지킬 최소한의 인원을 남기고, 나머지 전력은 둘로 나눠 뉴 서울과 뉴 대전에 파견했다.

쉘터로 이루어진 1차 방어선도 중요하지만, 더 중요한 것은 뉴 서울과 뉴 대전에 있는 게이트라는 걸 알기 때문이었다.

그렇게 몬스터 웨이브 최대 접전 지역에서 맹활약한 정진과 아케인 클랜 덕에 뉴 서울 쉘터는 몬스터 웨이브를 가장 짧은 시간에 성공적으로 막아낼 수 있었다.

　그 후에도 정진은 쉬지 않고 아케인 클랜 헌터들과 위기에 빠진 다른 쉘터들을 지원했다.

　함락 직전까지 몰린 뉴 대전에 도착한 정진과 아케인 클랜의 간부들은 잠시의 휴식도 없이 바로 전투에 뛰어들었다.

　반쯤 무너진 방벽을 마법으로 일으켜 세우고, 무너진 방벽을 넘어 뉴 대전의 안으로 들어와 있던 몬스터를 고립시켜 처리하였다.

　뿐만 아니라 정진이 마법으로 뉴 대전의 방벽 가까이 접근해 있던 몬스터들을 밀어내 줌으로써, 전투에 지친 헌터들이 휴식할 시간과 작전을 펼칠 공간을 확보할 수 있었다.

　그것은 정진이 아니라면 누구도 할 수 없는 일이었다.

　뉴 대전의 헌터들은 정진과 아케인 클랜의 놀라운 활약에 경악했다. 뉴 대전만이 아니었다. 이후 엠페러 제1, 제2쉘터에서의 활약도 전해지면서 사람들은 경악했고, 찬사를 아끼지 않았다.

　영웅은 위기 속에서 영웅이 탄생한다는 말이 있다.

　이번 4차 몬스터 웨이브에서 탄생한 영웅은 바로 정진과 아케인 클랜이었다. 그저 이름만 대한민국 3대 클랜이 아닌, 누구나 인정하는 최고의 클랜으로 우뚝 선 것이다.

사실 아케인 클랜이 처음 3대 클랜이라 불리기 시작했을 때는 헌터들 사이에서 많은 반발이 있었다.

아케인 클랜이 여느 헌터 클랜과는 다른 체계를 가지고 있었기 때문이다.

일반적인 헌터 클랜들은 대 몬스터 병기인 아머드 기어 드라이버를 중심으로 핵심 전력을 꾸리는데, 아케인 클랜은 그 반대였다.

아케인 클랜은 아머드 기어가 일반 헌터들의 전투를 보조하는 방식으로 헌팅을 했다. 다른 클랜들에 비해 일반 헌터들의 헌터 등급이 높았지만, 상식적으로는 이해하기 힘든 구조였다.

급격하게 커진 아케인 클랜을 시기하는 이들은 아케인 클랜이 운영비를 절감하기 위해 비싼 아머드 기어를 구입하지 않는다고 생각했다. 일반 헌터들 가운데서는 그 때문에 아케인 소속 헌터들이 위험한 사냥을 하고 있다고 오해하는 이들까지 있었다.

아무리 아케인 클랜에서 매직 웨폰을 생산해 무장할 수 있다고는 해도 일반 헌터가 상대할 수 있는 몬스터의 한계는 명확하다고 생각했기 때문이다.

이런 부분에서 아케인 클랜이 별다른 해명 없이 활동하고 있었던 탓도 컸다.

그러나 이번 몬스터 웨이브에서 아케인 클랜 헌터들의 전투를 지켜본 다른 헌터들은 비로소 깨달을 수 있었다.

아케인 클랜이 아머드 기어를 잘 사용하지 않는 이유.

그것은 굳이 사용할 필요가 없기 때문이었다.

비싸고 관리가 힘든 아머드 기어를 사용할 필요도 없이, 아케인 클랜은 일반 헌터들의 전력만으로 충분히 몬스터들을 사냥할 수 있었다. 쉘터를 방어하던 헌터들은 모두 아머드 기어 없이 몬스터들과 맞서면서도 당당하던 아케인 클랜원들의 모습을 똑똑히 기억하고 있었다.

아케인 클랜 헌터들은 모두 매직 아머를 착용하고 있다. 매직 아머의 방어력은 파워 슈트 따위와는 비교도 되지 않았다. 때문에 아머드 기어 없이 싸우더라도 오히려 헌터들의 목숨은 더 안전할 수 있었다.

몬스터 웨이브 방어전이 끝난 뒤, 아케인 클랜에는 일반 헌터들의 매직 아머에 대한 문의가 빗발쳤다.

이에 아케인 클랜에서는 아직 클랜 내부에도 보급이 끝나지 않은 상황이므로 외부 판매는 어렵다고 답변했다.

다만 클랜 내부에 보급이 완료가 된 후에는 장기적으로 매직 웨폰을 판매하던 것처럼 외부 판매도 할 계획이 있다고 덧붙였다.

아케인 클랜 빌딩까지 찾아와 문의를 하던 헌터들은 이

답변에 납득하고 발길을 돌렸다.

물론 일부 공익을 위해 아케인 클랜이 가지고 있는 기술을 공개해야 한다는 어처구니없는 주장을 펼치는 몰지각한 헌터들도 있었다. 하지만 그것은 일부 기업의 사주를 받은, 말 그대로 찔러보기 식의 헛소리에 지나지 않았다.

한편 뉴 서울과 뉴 대전 쉘터에서 방어전을 끝내고 정비하던 헌터들은 몬스터 웨이브를 막아냈다는 기쁨을 누리기도 전에 게이트를 넘어 파주로 이동했다. 이북 지역에서 몬스터가 남하하고 있으니 지원하라는 소식이 전달된 것이다.

그러나 엠페러 쉘터로 지원을 간 아케인 클랜은 평양 게이트에서 쏟아져 나오는 몬스터들에 대한 소식을 들을 수 없었다.

물론 신림동에 있는 아케인 빌딩의 클랜원들은 모두 알고 있는 사실이었다. 그러나 게이트 너머 다른 어딘가의 쉘터에 있을 클랜장 정진에게 소식을 전달할 방법이 없었다.

헌터로 등록된 이들이 모두 몬스터 웨이브 방어전에 투입된 만큼, 통신 수정구를 사용할 줄 아는 헌터가 신림동 본사에 없었기 때문이다.

"아케인 클랜과 백화 클랜의 도움, 감사합니다."

엠페러 제2쉘터의 전투는 모두 끝났다. 엠페러 클랜의 이종훈 클랜장은 정진과 백장미를 보며 다시 한 번 감사 인사를 했다.

"이종훈 클랜장님도 수고하셨습니다."

"수고하셨어요."

정진과 백장미는 인사를 해오는 이종훈을 보며 마주 인사했다.

"다시 봐도 정말 엄청난 숫자군요."

정진은 쉘터 방벽 밖에 까마득히 널려 있는 몬스터의 잔해들을 보고 그렇게 중얼거렸다.

"맞아. 이제 당분간 몬스터는 보기만 해도 질릴 것 같아."

백장미도 진저리를 쳤다.

"두 분이 오지 않았다면 정말 어떻게 됐을지 모릅니다. 덕분에 큰 피해 없이 몬스터 웨이브를 막아낼 수 있었습니다."

이종훈도 백장미과 비슷한 생각을 하면서 주변에 널린 몬스터의 주검을 둘러보았다.

눈으로 보는 것만으로도 질릴 정도로 쉘터 주변에 몬스터의 사체가 너무도 많았다.

일주일 가까이 사투를 벌인 결과, 쉘터 주변의 땅은 온통 검붉은 몬스터의 피로 뒤덮여 있었다.

그뿐만이 아니었다. 몬스터는 특성상 사체가 일반 짐승들에 비해 무척 빠르게 부패한다.

그 때문에 주변은 벌써 코를 찌를 듯한 독한 내음이 퍼져 있었다.

그런 환경 속에서도 엠페러 클랜의 헌터들은 혹시나 뭐라도 건질 것이 없나 하고 몬스터의 사체를 뒤지는 중이었다.

많은 몬스터를 잡았으니 당연 돈이 되는 것들을 챙겨야 하지 않겠는가. 몬스터 웨이브를 막기 위해 많은 재원이 들었으니 그것들을 복구하기 위해서라도 돈이 될 만한 것을 찾아야 했다.

또한 클랜을 도와준 백화 클랜과 아케인 클랜에도 그에 걸맞는 보상을 해 줘야 클랜의 체면이 선다. 때문에 그들은 독한 냄새를 참으면서도 몬스터의 사체를 뒤지고 있었다.

"몬스터 웨이브도 끝났으니 저희는 이만 클랜으로 돌아가 보겠습니다."

정진이 이종훈 클랜장에게 말을 건넸다.

안 그래도 수용 인원이 그리 많지 않은 엠페러 클랜 쉘터에 계속 있으면 전쟁이 끝나고 피곤한 헌터들을 더 고생만 시킬 것이다.

"저희도 그만 돌아갈게요. 고생하셨어요."

백장미도 정진과 같은 생각으로 자신을 따라온 백화 클랜의 헌터들을 데리고 복귀를 하겠다고 말했다.

이종훈은 정진과 백장미를 향해 목례까지 해 보였다. 이들이 오지 않았다면 이곳 엠페러 쉘터에 있던 헌터들이 어떻게 되었을지, 상상하는 것만으로도 끔찍했다.

"예, 다시 한 번 말씀드리지만… 고맙습니다."

"아닙니다. 동맹을 맺은 클랜이 위험한데 같은 헌터로서 이를 두고 볼 수는 없지 않겠습니까? 다음에 저희가 위험해지면 엠페러 클랜도 도움을 주실 것 아닙니까."

"맞아요, 너무 그러지 마세요. 그럼 다음에 봬요."

말을 끝낸 정진과 백장미가 이종훈에게서 멀어져 갔다.

두 사람이 완전히 떠날 때까지 이종훈은 말없이 두 사람의 뒷모습을 지켜보았다.

✝   ✝   ✝

이종훈과 이야기를 끝낸 정진과 백장미는 클랜원들이 기다리는 곳으로 걸어갔다.

쉘터 중앙 건물 밖에는 백화 클랜과 아케인 클랜의 클랜원들이 두 사람이 오기를 기다리고 있었다.

엠페러 클랜의 쉘터 방어전이 모두 끝났으니 이제 본거지로 돌아가야 할 시기였다. 모두가 그 사실을 알고 있었기에 클랜장인 두 사람이 오기를 기다린 것이다.

"모두 워프 게이트가 있는 곳으로 이동하세요."

정진이 대기하고 있던 클랜원들에게 말했다.

원래 이곳 엠페러 클랜의 제2쉘터에는 워프 게이트가 없었다.

정진은 엠페러 쉘터 제1, 제2쉘터가 몬스터의 위협으로 긴급한 상황이란 것을 전달받고 뉴 대전 쉘터에서 이곳까지 이동하기 위해 임시로 쉘터 지하에 워프 게이트를 설치했었다.

하지만 부상자와 보급 물자를 이동하는 모습을 보며 워프 게이트의 효용에 대해 알게 된 이종훈이 따로 정진에게 부탁을 해왔다.

정진은 제2쉘터 지하에 임시로 만들어둔 워프 게이트를 지우고, 엠페러 쉘터 내에 따로 부지를 마련해 디멘션 게이트가 있는 뉴 서울, 뉴 대전으로 가는 워프 게이트를 다시 설치해 주었다.

제1쉘터의 워프 게이트는 아직 임시로 만든 상태 그대로이므로, 나중에 정진이 설치를 위해 한 번 방문하기로 하였다.

물론 무료로 봉사해 줄 마음은 없었다.

몬스터 웨이브가 끝난 후 부산물들을 모두 결산한 뒤에 워프 게이트에 대한 대가를 치러주기로 계약한 것이다.

백장미 역시 백화 클랜의 쉘터에도 워프 게이트를 설치해 줄 것을 부탁했다.

그녀 또한 워프 게이트의 효용을 금방 깨달은 것이다.

전자 기기가 작동하지 않는 뉴 어스에서 워프 게이트나 통신 수정구 등은 무한한 가능성을 가진 도구였다.

정진도 장기적으로는 워프 게이트 설치 또한 아케인 클랜의 사업 중 하나로 성장시킬 계획을 갖고 있었다.

이번 몬스터 웨이브가 정리되고 나면 헌터 협회장인 이기동과 논의해서 조금씩 구체화할 생각이었다. 뉴 어스 내에 워프 게이트가 여러 곳 생겨난다면 많은 것이 지금보다 편리해질 것이다.

물론 전쟁 중에 이렇게 예비 고객들을 확보하게 된 것은 조금 뜻밖이었지만 말이다.

뉴 서울과 뉴 대전에 워프 게이트가 설치된다면 헌터들이 힘들게 많은 짐을 들고 사냥터로 이동할 필요가 없어진다.

뿐만 아니라 사냥 후 복귀 또한 간편해질 것이기에 모든 헌터들이 쌍수를 들고 환영할 것이다.

쉘터를 가진 클랜에서도 워프 게이트를 가지고 있으면 게이트를 통해 이동하려는 헌터들에게 통행료를 받을 수 있으니 나쁠 이유가 없다.

헌터 협회의 입장에서도 뉴 어스 내에 신속한 이동 수단이 생긴다는 건 좋은 일이었다. 당장 이번 몬스터 웨이브만 하더라도 체계적이고 정확한 통신망과 이동 수단이 있었다면 전황이 어떻게 바뀌었을지 모르는 일이다.

'계획을 좀 앞당겨도 되겠어.'

이런저런 생각을 하며 정진은 워프 게이트를 넘어 엠페러 클랜의 제1쉘터로 향했다.

우웅!

대전역 게이트가 작동하기 시작했다.

요 며칠 잠잠하던 게이트가 갑자기 작동하자, 게이트 관리 직원은 누가 오는 것인지 확인하기 위해 게이트 앞으로 나왔다.

그런데 게이트 안에서 나타난 것은 장비까지 갖춘 헌터들이었다.

직원은 깜짝 놀라 눈을 휘둥그레 떴다.

평양 게이트에서 쏟아진 몬스터 때문에 동원령이 갱신되

고, 헌터 협회에서의 공지에 따라 뉴 서울과 뉴 대전에 있던 헌터들은 모두 뉴 어스에서 나와 게이트로 이동했다. 이미 그들을 이동시킨 지도 상당한 시간이 흘렀다.

게이트를 이용하는 헌터가 없어 한가한 시간을 보내고 있었는데, 갑자기 어디서 솟아났는지 모를 헌터들이 나타나니 어안이 벙벙할 뿐이었다. 심지어 상당한 숫자의 헌터들이었다.

"모두 같은 클랜이신 겁니까?"

직원은 가장 먼저 게이트를 통과한 김지웅을 붙들고 물었다.

"그렇습니다. 아케인 클랜입니다."

김지웅이 대답하자, 헌터들의 숫자에 놀랐던 직원의 표정이 점점 불쾌하게 변했다.

"지금 비상이 걸려 헌터 동원령이 떨어졌는데, 아케인 클랜은 단독 행동을 했다는 겁니까?"

김지웅은 직원이 대체 무슨 소리를 하는지 이해가 되지 않았다.

"단독 행동이라니, 그게 무슨 말입니까? 헌터 동원령은 이미 끝나지 않았습니까? 몬스터 웨이브도 끝났는데 아직도 동원령이 해제가 되지 않았다니, 그게 무슨 소립니까?"

김지웅도 표정을 굳히며 말했다.

헌터는 많은 돈을 벌 수 있는 고수익 직종이지만, 언제나 죽음에 한 발을 걸쳐 두고 있어야 하는 위험한 직업이기도 하다.

　새롭게 라이선스를 취득하는 신규 헌터들은 언제나 많았지만, 헌팅 중에 죽거나 심각한 부상을 입어 은퇴하는 헌터의 수도 많았다.

　사실 헌터들이 라이선스 취득을 하며 의무적으로 동의하게 되어 있는 동원령 조항에 대해 김지웅은 그리 좋게 생각하지는 않았다. 그리고 다른 헌터들도 그것은 마찬가지였다.

　헌터가 됨으로써 받는 혜택보다 동원령으로 인해 발생하는 책임이 너무 크기 때문이었다.

　당장 이번 몬스터 웨이브만 봐도 불합리한 점이 없다고 할 수 없었다.

　아무리 몬스터 증발 현상이 일어나 일감이 없다고는 하지만, 웨이브의 조짐이 발생한 뒤 즉시 내려진 비상 대기 명령에 의해 헌터들은 아무런 일도 하지 못한 채 대기해야만 했다. 지정된 위치를 이탈하는 것 역시 마찬가지였다.

　재앙에 대비해야 하니 만전을 기하는 것은 당연한 일이지만, 헌팅을 생업으로 삼고 있는 만큼 헌팅을 하지 않으면 당장 생활이 어려운 헌터들도 분명 있었다.

하지만 동원령이 떨어지면 헌터 등급에 관계없이 등록된 사람은 모두 사정을 막론하고 게이트를 지키기 위해 뉴 어스로 가야만 한다.

2, 3차 몬스터 웨이브 당시에도 동원령에 참가한 수많은 헌터가 희생되었지만, 그들에게 돌아온 것은 약간의 위로금이 전부였다.

따져 보면 책임져야 할 일이라고 볼 수도 없는 일에 헌터들은 목숨을 건 전투를 해야만 하는 것이다.

다행히도 이번 몬스터 웨이브는 사전에 몬스터의 이동을 파악하고 준비를 한 덕분에 무사히 막아낼 수 있었지만, 희생된 헌터들은 분명 존재한다.

거기다, 사실 이는 아케인 클랜과 클랜장인 정진이 위험한 곳에서 솔선수범을 보였기에 이뤄낸 성과라고 봐도 과언이 아니다.

힘겨운 전투 끝에 몬스터 웨이브를 막아냈는데, 눈앞에 있는 게이트 관리 직원은 단지 그들이 헌터이고 대형 클랜 소속이라는 것만으로 동원령이 아직도 발의되고 있다며 그들을 추궁하고 있는 것이다.

"동원령이 떨어졌다니 그게 무슨 소립니까?"

정진과 이야기를 하다가 조금 늦게 게이트를 나온 이정진이 김지웅과 게이트 관리 직원의 사이에 끼어들며 물었다.

"뉴 대전 지부에서 아무런 소식도 못 들으셨습니까?"

직원은 이정진에게서 느껴지는 억누르는 듯한 기세에 움찔하며 되물었다.

그런 직원의 말에 이정진은 고개를 흔들며 대답하였다.

"우린 뉴 대전 쉘터의 몬스터 웨이브가 끝난 뒤 곧바로 엠페러 제1, 제2쉘터에 지원을 갔기 때문에 그 뒤의 내용은 아는 것이 없습니다."

직원이 그제서야 그들이 헌터 협회의 지령에 대해 전달받지 못했음을 깨닫고 고개를 끄덕였다.

"그랬군요. 몬스터 웨이브는 아직 끝나지 않았습니다."

"예?"

"뭐라구요?"

게이트를 빠져나오던 헌터들이 놀라 뚝 멈춰 섰다.

그 뒤에서 걸어오던 정진이 헌터들을 헤치고 직원의 앞까지 나아갔다.

"자세히 좀 얘기해 주세요. 몬스터 웨이브가 끝나지 않았다니 그게 무슨 소립니까?"

분명 자신들이 뉴 서울과 뉴 대전에 몰려온 몬스터 웨이브를 막기 위해 목숨을 걸고 전면에 나서서 싸웠고, 몬스터 웨이브를 막아냈다. 엠페러 클랜이 가지고 있는 쉘터 두 곳에 몬스터 웨이브의 일부가 몰려 있다는 소식을 듣고 쉬지도 않고 달려가 끝장을 내고 돌아오는 길이다.

그런데 지금 게이트 관리 직원이 하는 소리는 뭐란 말인가? 아직도 몬스터 웨이브가 끝나지 않아 대한민국에 있는 헌터를 동원하는 동원령이 아직도 발의되고 있다니, 이해할 수가 없었다.

더욱이 방금 전까지 머물던 뉴 대전은 몬스터의 그림자도 보이지 않았다.

그렇다면 뉴 서울에 다시 몬스터가 몰려왔다는 소린가? 하지만 그도 아닐 것이다.

지금까지 몬스터 웨이브가 시작되면 몬스터가 한 번에 몰아쳤지, 몬스터 웨이브가 한차례 진행이 되고 시간을 두었다가 다시 몰려오지는 않기 때문이다.

많은 헌터들의 눈길이 몰리자 직원은 조금 당황한 듯 말했다.

"아까 말씀드린 대롭니다. 헌터 동원령에 새로운 명령이 떨어졌습니다."

"뉴 서울에 또 몬스터들이 몰려온 겁니까?"

"뉴 서울도, 뉴 대전도 아닙니다."

"아니, 그럼 어디란 말입니까? 대한민국에 두 곳 말고 우리가 모르는 또 다른 게이트가 있다는 말씀이십니까?"

김지웅이 답답해하며 물었다.

"그게 아닙니다. 한반도에는 신림동 게이트와 대전 게이트 외에 게이트가 하나 더 있지 않습니까."

게이트 관리 직원이 여기까지 말을 하자 이정진은 뭔가 생각나는 것이 있는지 눈이 커졌다.

"설마… 지금 평양에 있는 게이트를 말하는 것입니까?"

이정진이 묻자, 직원은 이정진에서 자신에게로 돌아온 다른 사람들의 시선을 받으며 당황한 얼굴로 설명했다.

"예, 평양 게이트에서 쏟아진 몬스터로 인해 지금 몬스터 웨이브를 막아낸 헌터들은 쉬지도 못하고 긴급하게 파주에 있는 몬스터 대응군 사령부로 몰려갔습니다."

"헉!"

"이런……."

직원의 대답에 이정진을 비롯한 김지웅과 정진도 놀라 소리쳤다.

지금까지 이들은 뉴 서울 쉘터와 뉴 대전 쉘터만 막아내면 몬스터 웨이브로부터 대한민국이 안전해질 것이라 생각해 두 곳을 지키는 것에 총력을 기울였다.

클랜장인 정진은 직접 4대 금역으로 지정된 위험 지역을 조사하기까지 하였다.

뿐만 아니라 아케인 클랜이 극비리에 사용하고 있던 위저드 아이까지 공개해 몬스터 웨이브가 몰려올 구간에 설치하여 보다 적극적으로 몬스터 웨이브를 대비했는데…….

천려일실이라고 하던가? 인간이 하는 일은 아무리 꼼꼼한 듯해도 실수가 있기 마련인 것처럼 정진과 아케인 클랜의 간부들도 놓친 것이 있었다.

2, 3차 몬스터 웨이브 때는 북한 정권이 있었기 때문에 신경 쓰지 않아도 되었던 평양 게이트가 한반도에 있다는 사실을 말이다.

"어디까지 밀린 겁니까?"

정진은 금방 정신을 차리고 머리를 차갑게 식히며 상황을 물었다.

"얼마 전 협회장님의 지시로 몬스터 웨이브가 끝난 뉴 서울 지부를 방어하던 헌터들이 1차로 몬스터 대응군 사령부가 있는 파주로 출발했고, 이곳 뉴 대전에서도 정리가 끝나자마자 곧바로 이동했습니다."

직원은 어느새 이들의 기세에 눌려 조심스럽게 질문에 답을 하고 있었다.

정진은 작게 한숨을 내쉬었다.

어쩐지 워프 게이트를 통해 뉴 대전으로 이동해 왔을 때, 쉘터를 보호하기 위한 최소한의 병력 말고는 헌터들이 전혀 보이지 않아 이상하다고 생각했다.

정비를 위해서 각자의 클랜이나 집으로 돌아갔을 거라고

대충 넘겼는데, 헌터들이 모두 동원령에 따라 지원을 나갔기 때문에 없었던 것이다.

'평양. 평양 게이트가 있었지. 왜 생각하지 못했지?'

이제 와서 후회해도 소용이 없다. 당장 해야 할 일이 무엇일지부터 떠올린 정진은 마음을 가라앉히려 애썼다.

"형님."

정진은 옆에 있던 이정진을 돌아보았다.

"그래."

이정진은 다 안다는 듯 대답했다.

정진이 아무런 생각 없이 그를 부르지 않았을 것이라 생각한 것이다.

"아무래도 제가 먼저 그곳으로 가봐야 할 것 같습니다. 형님은 클랜원들을 데리고 천천히 오세요."

"그래, 걱정 마라."

"여긴 형님하고 내가 챙길 테니까 넌 먼저 가 봐."

김지웅도 고개를 끄덕이며 손사래를 쳤다.

"예, 그럼 부탁드립니다. 텔레포트."

정진은 간단하게 공간 이동 마법을 사용했다. 빛줄기와 함께 정진의 모습이 대전역 게이트 앞에서 감쪽같이 사라졌다.

"헉!"

정진이 마법으로 이동하는 것을 처음 본 게이트 관리 직원은 놀라서 눈을 휘둥그레 떴다. 고위 헌터들일수록 상상을 초월하는 능력을 가지고 있다는 건 알지만, 텔레포트를 사용하는 정진의 모습은 마치 귀신이나 도깨비를 보는 것 같았기 때문이다.

"지웅아, 간부들 좀 불러와라."

"네."

정진이 사라지고 나자, 이정진이 침중한 얼굴로 말했다. 김지웅은 아직 헌터들이 차례차례 빠져나오고 있는 게이트로 달려갔다.

✝   ✝   ✝

번쩍!

빛이 모이고 한순간 그곳에 사람의 형체가 생겨났다.

하지만 그것도 잠시, 다시 한 번 빛이 번쩍하더니 아무것도 없는 곳에서 나타났던 사람은 다시 모습을 감췄다.

그러나 어느 누구도 그런 비일상적인 일이 일어났다는 것을 알지 못했다.

빛이 거의 눈에 띄지 않는 환한 대낮이었고, 지상에서 100m 이상 떨어진 곳에서 벌어진 일이었기 때문이다.

이 기묘한 현상의 정체는 바로 정진이었다.

대전역 게이트 앞에서 이전에 뉴 대전 쉘터로 이동하기 위해 텔레포트를 사용했던 신림동 게이트 인근으로 이동한 것이다.

생각 같아서는 몬스터 대응군 사령부가 있는 파주로 바로 이동하고 싶지만, 정진은 아직 그곳의 좌표를 알지 못했다.

때문에 부득이하게 좌표를 알고 있는 곳 중 파주와 가장 가까운 신림동 게이트 주변으로 텔레포트한 것이다.

정진은 곧바로 다시 파주 쪽을 향해 대략적인 거리를 계산해 텔레포트를 사용해 이동했다.

정확하게 이동할 수는 없지만, 플라이 마법으로 날아가는 것보다 훨씬 시간을 단축할 수 있을 것이다.

헌터들이 없어 한산한 신림동 게이트는 아무 일도 없었다는 듯 조용할 뿐이었다.

번쩍!

팟!

정진은 혹시나 있을지 모를 사고를 방지하기 위해 가능한 높은 허공으로 펼쳤다.

"여긴 어디지?"

시야에 닿는 모든 것이 푸른 산천들 뿐이었다. 사방 어느 곳에도 사람의 흔적은 보이지 않았다.

"…거리 계산을 잘못한 것 같은데?"

최소 몬스터 대응군이 수복한 뒤 정리해 놓은 진영이라도 있어야 하는데, 그러한 흔적조차 일절 보이지 않았다.

아니, 아주 없는 것은 아니었다. 오래된 건축물이나 그 잔해들이 드문드문 눈에 띄었다.

"…설마 북한까지 온 건가."

정진은 아연한 얼굴로 어깨를 늘어뜨렸다.

아무리 마음이 급하다고 해도 자칫 위험할 수도 있는 공간 마법을 펼치면서 실수를 하다니.

"플라이."

정진은 더 높은 곳까지 몸을 띄웠다. 최소 어느 방향, 어느 정도 거리에 파주가 있을지 가늠해야 다시 신림동으로 돌아가는 수고를 안 해도 될 게 아닌가.

몸을 띄운 정진은 이제 지상에서는 잘 보이지도 않을 정도로 높은 곳까지 올라갔다.

"이글 아이."

안력을 돋우자, 저 멀리 남쪽으로 큰 강과 다리, 그리고 차량으로 보이는 무언가가 움직이고 있는 모습을 볼 수 있었다.

"음, 확실히 내가 계산을 잘못해서 파주를 지나왔네!"

위치를 확인한 정진은 바로 계산을 다시 했다.

"텔레포트!"

번쩍!

†   †   †

몬스터 대응군과 헌터들이 있는 진지는 정신이 하나도 없었다.

사방에서 군사 차량과 무기들이 이동하며 귀가 먹먹한 소음을 만들어냈고, 사이사이에는 아머드 기어까지 끼어 있었다.

"정신 차려! 어서 움직여!"

"그걸 거기다 놓으면 어떻게 해?!"

"시정하겠습니다!"

이동하는 이들은 모두 목이 터져라 외치면서도 초조한 기색을 감추지 못했다.

며칠간 몬스터 대응군과 대한민국 헌터 협회 소속 헌터들은 평양 게이트를 통해 몰려온 몬스터를 막아내기 위해 최선을 다했다.

하지만 평양 게이트에서 나온 몬스터의 숫자는 많아도 너무 많았다. 게이트 너머 뉴 어스에서 아무런 저지도 받지 않은 몬스터들이 그대로 넘어온 결과였다.

결국 몬스터 대응군과 국군이 만들어 놓은 저지선은 진작에 무너졌고, 뒤늦게 도착한 헌터들과 힘을 합쳐 남쪽에 다시 형성해 놓은 저지선마저 무너져 버렸다.

처음 이곳에 도착한 헌터들은 쉘터에서의 방어전 승리에 상당히 고무되어 있었다. 그들은 평양 게이트에서 뛰쳐나온 몬스터들도 충분히 막아낼 수 있을 거라 자신했다.

뉴 서울, 뉴 대전 쉘터에서의 전투는 분명 어려웠지만 종국에는 그 수많은 몬스터들을 성공적으로 막아내지 않았던가?

더욱이 이미 몬스터 웨이브를 겪어봤으니 같은 방식으로 전투에 임하면 크게 무리가 없을 것이라 판단한 것이다.

한 곳도 아니고 뉴 서울과 뉴 대전 쉘터 두 곳의 헌터 전력이 모였고, 몬스터 대응군까지 있었다. 평양 게이트 한 곳에서 나온 몬스터들이니 당연히 이전보다 쉬우리라는 생각도 있었다.

하지만 그들이 간과하고 있는 것이 있었다.

먼저 뉴 서울과 뉴 대전 쉘터는 몬스터를 막아내기 위해 설계된 높고 튼튼한 방벽이 있다는 점. 당장 몰려올 몬스터들을 상대해야 하는 이곳 진지에 그런 방벽을 세울 수 있을 리 없었다.

두 번째로 전투를 끝내자마자 황급히 달려와야 했던 지금과는 달리, 그때는 몬스터 웨이브의 조짐이 있을 때부터 차근차근 철저히 쌓아온 준비가 있었다는 것이다.

　그리고 특히나 마지막으로 몬스터들을 별 피해 없이 성공적으로 막아내는 데 결정적인 역할을 했던 정진이 이곳에 없다는 사실이었다.

　결국 밀리고 밀린 군과 헌터 협회는 개성에 배수의 진을 형성하였다.

　더 이상 몬스터가 남쪽으로 내려오는 것을 막기 위해 최후의 방어 진지를 구축한 것이다.

　그들은 몬스터 대응군 사령부에서 보내온 물자로 바리케이드를 설치하고, 움직임을 방해할 장애물들을 몬스터가 몰려올 길목에 설치하고 있었다.

　군복을 입은 군인들이 진지 구축에 여념이 없을 때, 한쪽에서는 헌터들이 전투에 지친 몸을 아무렇게나 누이고 휴식을 취하고 있었다.

　헌터들은 연일 계속되는 전투로 그동안 제대로 된 휴식을 취하지 못했다. 뉴 서울과 뉴 대전의 전투가 끝난 지도 그리 오랜 시간이 지나지 않았다. 거기다 몬스터에 밀려 후퇴만 해야 하니 방벽 안에서 싸우기만 하면 되던 그때와 달리, 계속해서 진지를 이동해야만 했던 것이다.

헌터들은 완전히 지쳐 나가떨어진 나머지 다른 사람의 시선도 의식하지 못하고 쓰러져 있었던 것이다.

하지만 어느 누구도 그런 것에 신경을 쓰지 않았다.

다른 사람을 신경 쓰기에는 제 코가 석 자였기 때문이다.

이럴 때 잠시라도 쉬어두지 않으면 안 된다. 언제 또 몬스터가 몰려올지 모르니 쉴 수 있을 때 조금이라도 휴식을 취해야 했다. 그래야만 몬스터가 나타났을 때 조금이라도 무기를 휘둘러 볼 수 있었다.

저벅저벅.

은회색 로브를 입은 정진이 어느새 군인들과 헌터들 여럿이 복잡하게 몰려 있는 곳까지 도착했다.

공중에서 가장 커다란 막사를 확인하고 최고 책임자가 있는 곳이 바로 이곳일 거라 생각해 곧장 이리로 온 것이다. 물론 사람들의 시선이 닿지 않는 곳에서 내려와 걸어서 왔다.

커다란 텐트 안, 많은 사람들이 모여 테이블에 지도를 펴 놓고 의논을 하고 있었다.

군복을 입고 있거나 지휘봉을 들고 있는 사람이 있는가 하면, 단조로운 색상의 복장에 파워 슈트를 걸치고 있는 헌터도 있었다.

그중 가장 눈에 띄는 사람은 바로 이마에 대령의 계급장을 달고 있는 군인이었다.

군인이면서 헌터들처럼 파워 슈트를 착용하고 있는 그의 모습은 이 자리에 있는 누구보다 눈에 띌 수밖에 없었다.

"지금 몬스터는 곡산군과 신계군 일대에 퍼져 있습니다."

군인 중 한 명이 지휘봉을 들고 지도의 어느 지점을 가리키며 브리핑을 하고 있었다.

평양 게이트에서 쏟아진 몬스터로 인해 연일 계속해서 전선이 뒤로 밀리고 있었다. 국군과 몬스터 대응군, 헌터들까지 함께하고 있었지만 역부족이었다.

첫 교전은 개성에서 북쪽으로 80㎞ 정도 떨어진 중화군과 상원군, 그리고 연산군 일대였다.

몬스터 웨이브가 닥치기 전까지만 하더라도 몬스터 대응군은 이북 지역에 자리 잡고 있던 몬스터들을 차근차근 정리하며 작전을 진행하고 있었다.

그런데 생각지도 못한 4차 몬스터 웨이브에 대한 소식을 전해 듣고, 브레이크가 고장 난 고속 열차처럼 숨 가쁘게 평양까지 전진해야만 했다.

물론 오래되어 방치하고 있던 군 무기들과 매직 웨폰으로 무장해 화력으로 몬스터들을 밀어버리는 방법을 써서 빠르게 진격할 수는 있었다.

그런데 하필이면 막 평양에 진입하여 게이트의 위치를 찾고 있을 때쯤, 게이트를 넘어온 몬스터들이 쏟아져 나오기 시작했다.

그때부터가 시작이었다.

그동안 지구에 정착한 몬스터만 상대를 하다 보니 오리지널 몬스터를 너무도 쉬운 상대로 생각한 것이 패배의 원인이었다.

승승장구하던 몬스터 대응군과 국군은 손도 쓰지 못하고 몬스터에 밀리기 시작했다.

중화군과 상원군, 연산군에 펼친 1차 저지선은 속절없이 무너졌고, 최초의 패전을 기록해야만 했다.

전선을 형성하고 있던 몬스터 대응군 1연대에서는 막대한 사상자가 나왔고, 많은 지휘관들도 목숨을 잃어야 했다.

최중현 대령은 그 뼈 아픈 죽음들로 인해 빈 자리가 급히 채워지며 대령까지 올라간 케이스였다.

"평양 게이트에서 나온 모든 몬스터가 그곳에 뭉쳐 있는 건가?"

군인의 설명을 듣고 있던 최중현 대령이 침중한 목소리로 물었다.

"아닙니다. 평양 게이트에서 나온 몬스터 중 일부는 중화군을 지나 황주군을 거쳐 사리원까지 내려온 상태입니다.

뿐만 아니라 현재 곡산군에 모여 있는 몬스터의 일부는 산을 넘어 동쪽으로 이동하기 시작했습니다."

"뭐야? 그럼 몬스터가 3개의 집단으로 갈라졌다는 말인가?"

"그렇습니다. 사리원에 모여 있는 몬스터는 8만 정도로, 이 녀석들은 황해남도 지역으로 펴져 나갈 것으로 보입니다만… 문제는 곡산군과 신계군에 뭉쳐 있는 놈들입니다."

설명을 하고 있던 장교는 개성 북쪽으로 60㎞ 정도 뒤의 분지를 지휘봉으로 가리켰다.

"현재 이곳에 15만여 마리 정도로 파악되는 몬스터가 뭉쳐 있으며, 이중 3만 정도가 동쪽으로 이동을 하고 있습니다."

"그렇다면 곡산군에 모여 있는 몬스터는 12만 정도겠군."

최중현 대령이 고개를 끄덕이자, 장교가 어두운 얼굴로 고개를 저었다.

"아닙니다. 현재 곡산군에 모여 있는 몬스터는 별반 변화가 없습니다."

"응?"

"3만 정도의 몬스터가 빠져나갔지만 그 정도의 몬스터가 평양에서 다시 내려와 유입이 되었기에 몬스터의 변화는 없습니다. 아니, 시간이 갈수록 게이트에서 나온 몬스터가 더 늘어날 테니 몬스터의 숫자는 계속해서 늘어날 것으로 보입니다."

장교는 위성 사진을 프로젝터에 띄워 평양에서 남쪽으로 이동하고 있는 몬스터 무리의 모습을 보여주었다.

"으음……."

개미 떼가 모인 것처럼 새까만 평양의 모습을 보면서 모두 할말을 잃었다.

"이대로 곡산군에 모여 있는 몬스터가 내려온다면 이곳도 장담할 수 없습니다."

헌터 한 명이 어렵게 손을 들고 이야기했다.

그도 그럴 것이 얼마 전 곡산군 방면 저지선을 구축하면서 몬스터들을 밀어내기 위해 많은 피해를 입었다. 더욱이 주변의 다른 국가들 또한 몬스터 웨이브를 막기 위해 총력전을 벌이고 있다. 대한민국에 지원을 올 수 있는 상황이 아니었다.

정부 차원에서 대량 살상 무기를 도입하려고 해도 막상 수입할 수 있는 나라가 없었다.

몇몇 몬스터 웨이브가 끝난 국가들 가운데에서도 대량 살상 무기를 보유하고 있는 나라가 있었으나, 그 나라들은 포션과 아티팩트를 가지고 있는 대한민국에 압박을 주기 위해 대답을 계속 회피하고 있었다.

더 다급하고 절실한 상황이 오면 생색을 내면서 비싼 값에 팔아넘기려는 속셈이었다.

또한 포션을 통해 그들을 압박한 일에 대한 복수이기도 했다.

즉, 길들이기를 다시 하려는 중이었다.

가능한 빨리 이북 지역을 수복하기 위해 많은 전쟁 무기들을 소모한 국군은 물자 수급을 제대로 하지 못했다. 때문에 헌터들이나 몬스터 대응군의 전투를 적극적으로 지원해 주기 어려웠다.

그나마 소총탄이나 포탄은 국내에서도 생산을 하고 있기에 아직까지 여유가 있었지만, 미사일과 같이 화력이 강력한 것은 부족하기도 하여 함부로 사용할 수도 없었다.

조금이나마 남은 무기들은 모두 임진강 이남에 배치해 두었다.

혹시라도 헌터들과 몬스터 대응군이 몬스터 웨이브를 막아내지 못하고 임진강 이남까지 후퇴를 했을 때를 대비하여 최후의 저지선으로 마련한 것이다.

그 말은즉 더 이상 미사일과 같은 대량 살상 무기의 지원을 받을 수 없다는 말과 같았다.

"군에서는 더는 지원이 힘들다고 하고… 몬스터의 수는

계속 증가하는군요. 시간이 흐를수록 수가 계속 늘어나니 어떻게든 조금씩이라도 줄일 방법을 찾아야……."

나이트 클랜의 박유천 클랜장이 심각한 표정으로 입을 열었다가, 이내 말끝을 흐렸다. 장내가 숙연해졌다.

그렇게 모두가 침중한 분위기에 빠져 있을 때, 한 사람이 문득 물었다.

"그런데 아케인 클랜에서는 아직도 연락이 없습니까?"

그러자 사람들의 시선이 자연스레 아케인 클랜을 언급한 헌터 쪽으로 쏠렸다.

"아케인 클랜이라면 지금의 사태를 해결할 수도 있을 것 같은데……."

자신에게 모든 시선이 쏠리자 부담을 느꼈는지, 성대 클랜의 정준구 상무는 도로 입을 닫았다.

"아케인 클랜이라… 확실히 그들이라면 지금의 상태를 변화시킬 뭔가가 있을 것 같은데… 그리고 보니 그들은 어디로 간 겁니까?"

정준구의 말을 듣고 옆에 자리하고 있던 이성식 오성 클랜 상무도 이상하다는 듯 고개를 갸웃거렸다.

두 사람이 동시에 같은 소리를 하자 최중현 대령의 눈이 묘하게 변했다.

"헌터 동원령이 떨어졌는데, 아케인 클랜은 이곳에 오지 않았다는 말입니까?"

"예, 아직 아케인 클랜은 이곳에 오지 않았습니다."

"설마 그들이 법을 무시하는 겁니까?"

헌터 동원령이 떨어졌는데, 헌터 클랜이 참여를 하지 않았다는 말에 최중현 대령의 목소리가 자연스레 높아졌다.

"아, 아닙니다. 아케인 클랜은 뉴 대전 게이트 방어가 끝나고 바로 엠페러 클랜의 쉘터를 지원하기 위해 그곳으로 갔습니다. 아직 이곳 소식을 듣지 못했을 것입니다."

그러자 헌터 협회의 윤성식 차장이 얼른 변명을 하였다.

헌터 협회와 아케인 클랜은 지금에 와선 서로 물과 물고기와 같은 사이다.

그런 처지에 아케인 클랜이 헌터 동원령에 불응했다는 오명을 뒤집어쓰게 된다면 헌터 협회에도 큰 짐이 된다.

"엠페러 클랜의 쉘터를 지원 갔다고요?"

"네. 뉴 서울과 뉴 대전 게이트를 지키기 위해 몬스터 웨이브의 진행 방향에 있는 몇몇 헌터 클랜들이 1차 방어선을 만들었습니다. 엠페러 제1, 제2쉘터도 그중 하나였는데, 뉴 대전 쉘터보다 전투가 길어지면서 뉴 대전에 있던 아케인 클랜원들이 지원을 간 모양입니다."

윤성식 차장이 간략하게 아케인 클랜의 사정을 설명해 주었다. 최중현 대령도 이해한 듯 고개를 끄덕였다.

"그렇군요. 평양 게이트 때문에 새로 내려진 동원령은 이동하는 사이 전달되지 않았겠군요. 동원령이 전달되었을 때 이미 엠페러 쉘터로 가 있었을 테니……."

"그럴 겁니다. 쉘터들이 보통 게이트가 있는 뉴 서울과 뉴 대전에서 이삼일 정도 거리를 두고 있으니 소식을 전하려면 시간이 걸릴 겁니다."

윤성식의 설명이 있자 최중현은 잠시 생각에 잠겼다.

"그런데 일개 헌터 클랜 하나가 더 있다고 해서 이 상황에서 뭔가 좋은 수가 나오겠습니까?"

최중현 대령과 윤성식의 대화를 가만히 듣고 있던 박한용 2연대장이 물었다.

박한용 또한 몬스터 방어전을 치르는 동안 전사한 상급자를 대신해 연대장이 된 사람이었다.

"물론입니다. 일반적인 헌터 클랜이라고 하면 뭐 그렇게 크게 상황이 바뀌지 않을 테지만… 아케인 클랜은 다릅니다."

"달라요? 어떻게 다르다는 겁니까? 이 자리에 있으신 대표 클랜들만 해도 대한민국에서 상당한 규모를 가진 헌터 클랜으로 알고 있는데, 아케인 클랜이란 곳이 그렇게 대단한 곳입니까?"

박한용 대령은 고개를 갸웃거리며 물었.

그의 상식으로는 이해하기 어려운 일이었다. 이곳에 모여 있는 이들은 모두 내로라하는 헌터 클랜의 대표들, 그리고 몬스터들을 상대하기 위해 만들어진 몬스터 대응군의 사령관들이니 말이다.

Chapter 2
평양 게이트에서 나온 몬스터를 방어하라!

　커다란 텐트에 도착한 정진은 입구를 지키고 있는 군인에게 다가가 질문하였다.

　"여기가 몬스터 방어군의 지휘부가 맞습니까?"

　"예, 그렇습니다. 그런데 어떻게 오신 겁니까? 여기는 일반 헌터 접근 금지 구역입니다."

　헌병 완장을 찬 군인이 긴장된 표정으로 정진에게 대답을 하였다.

　"전 아케인 클랜의 정정진이라고 합니다."

　"아! 그렇습니까? 안으로 들어가십시오."

　경계를 하던 헌병은 정진의 대답을 듣고 자리를 비켜주었다.

그가 군인이라고 하지만 대한민국 3대 헌터 클랜과 클랜장인 정진의 이름 정도는 들어보았기에 순순히 정진의 앞을 열어준 것이다.

정진은 헌병의 눈빛에 담긴 이채를 놓치지 않았다. 지위에 비해 너무도 어려 보이는 외견에 놀란 것이다.

"감사합니다."

정진은 차분하게 그에게 인사를 하고 안으로 들어갔다.

앞을 가로막던 천막을 젖히고 안으로 들어간 정진은 사람들이 모여 있는 곳으로 걸어갔다.

군용 텐트는 안이 꽤 넓어 많은 사람들이 모여 있음에도 그리 좁아 보이지 않았다. 타개책을 강구하던 중에 누군가 텐트 안으로 들어오자 많은 사람들의 시선이 그에게 쏠렸다.

"누구지?"

너무도 젊은 정진의 모습에 최중현 대령은 낮은 목소리로 질문하였다.

이미 헌병을 통과했을 테니, 지휘부인 이곳에 들어온 사람이라면 결코 좌시할 수 없었다.

"어서 오십시오."

정진이 최중현 대령의 질문에 답을 하기도 전에 그와 마주 보고 있던 윤성식 차장이 정진을 맞았다.

"아시는 분입니까?"

"그가 바로 조금 전에 이야기하던 아케인 클랜의 정정진 클랜장입니다."

정진은 윤성식이 최중현 대령에게 자신을 소개하는 소리를 듣고 고개를 숙이며 대답을 하였다.

"아케인 클랜의 정정진이라고 합니다. 소식을 늦게 전달받아 지금 도착했습니다."

정진의 소개가 끝나자 자리에 모여 있는 이들의 표정이 참으로 다양하게 바뀌었다.

조금 전까지 고개를 빳빳하게 세우고 있던 일부 헌터 클랜의 대표들의 경우 정진이 텐트 안으로 들어서는 것을 확인한 즉시 보기 싫게 표정이 구겨진 반면, 다른 이들은 정진의 이름을 듣고 뭔가 희망을 본 사람처럼 안색이 밝아진 것이다.

"어서 오십시오. 아케인 클랜의 명성은 익히 듣고 있었습니다."

최중현 대령은 정진에게 손을 내밀며 정중하게 대답하였다.

몬스터 대응군에 속해 있는 그이기에 매직 웨폰을 생산하는 아케인 클랜의 이름은 너무도 잘 알고 있었다.

더욱이 그 클랜장인 정진은 한때 자신의 중대에 있던 정한의 형이지 않은가? 비록 정한과는 조금 안 좋게 끝났지만 그건 어디까지나 군인으로서 어쩔 수 없는 결정이었다.

또한 정한이 전역을 하면서 별다른 문제없이 해결된 부분이기도 했다.

"늦어서 죄송합니다. 정정진입니다."

정진은 자리에서 일어나 자신을 맞아주는 몬스터 대응군의 지휘관들과 차례대로 악수를 하였고, 또 뉴 서울과 뉴 대전에서 함께 싸웠던 헌터 클랜장들과도 악수를 하였다.

뉴 서울이나 뉴 대전에서는 몰려든 몬스터와 전투를 끝난 후 정진이 급하게 떠나야 했기에 미처 인사를 하지 못했다.

이때 남아 있던 클랜장들은 정진의 도움을 받았으면서도 감사 인사를 제대로 하지 못했다.

물론 이 자리에 있는 모든 헌터 클랜의 대표들이 정진에게 고마움을 표하는 것은 아니었다.

뉴 대전에서 수작을 부리던 일부 클랜의 대표들은 정진에게 약점을 잡혀 있기에 인상을 구겼다. 몇몇은 부끄러운 마음에 시선을 외면하기도 했다.

하지만 정진은 그들이 자신을 외면하거나 말거나 신경도 쓰지 않았다. 그를 반갑게 맞이하는 이들이 대다수였다.

"정정진 클랜장님, 아케인 클랜이 이곳에 도착한 겁니까?"

윤성식은 인사가 끝나자 얼른 물었다.

"아닙니다. 오늘 막 엠페러 제2쉘터에 몰려온 몬스터들을 모두 처리하고 뉴 대전으로 복귀했습니다."

정진은 말을 하면서도 조용히 주변 사람들의 표정을 주시하고 있었다.

대전역 게이트를 나서면서 그저 평양 게이트에서 몬스터가 쏟아져 나왔다는 이야기만 듣고 온 것이라 현재 이곳 사정에 대해선 아무것도 모르고 있다. 군인들의 표정이나 헌터 클랜의 대표들의 표정을 보며 대략적인 상황을 파악하려는 의도였다.

"많은 인원을 데려오려면 준비가 필요하다 보니 우선 저부터 출발했습니다."

"그러면?"

"예, 클랜원들이 이곳에 도착을 하려면 시간이 좀 걸릴 겁니다."

정진의 말이 끝나자, 윤성식이나 헌터 클랜의 대표들의 표정이 다시 흐려졌다.

하지만 아직까지 정진이 하는 이야기의 뜻을 파악하지 못한 최중현이나 박한용과 같은 몬스터 대응군의 지휘관들은 고개만 갸웃거렸다.

그도 그럴 것이, 이 자리에 앉아 있는 각 클랜의 대표들은 대한민국 3대 클랜이라 불리는 엠페러 클랜이나 백화 클랜, 아케인 클랜에 비해 그리 규모가 작지 않은 대형 클랜의 대표들이었다.

아니, 규모만 보면 소수 정예를 지향하는 백화 클랜이나 아케인 클랜에 비해 더욱 큰 클랜도 있었다.

그런데 조금 전까지 회의를 할 때만 해도 아케인 클랜만 이곳에 도착하면 어느 정도 상황이 좋아질 것처럼 이야기를 하고, 또 아케인 클랜의 정진이 도착을 하자 표정이 밝아지던 이들이 왜 갑자기 표정이 굳어진단 말인가?

하지만 그것도 잠시, 뉴 서울에서 몬스터를 상대로 정진이 펼치는 어마어마한 마법을 목격했던 헌터 클랜의 대표들이 나섰다.

"정정진 클랜장님."

"네, 말씀하십시오."

"뉴 서울에서 보여주셨던 능력을 다시 이곳에서도 보여 주실 수 있으십니까?"

"예. 엠페러 클랜의 쉘터에서 전투가 끝난 뒤 적당히 휴식을 취했기에 가능합니다."

정진은 질문을 하는 사람을 향해 자신의 상태를 설명해 주었다.

그러자 정진의 이야기를 듣고 실망을 하던 이들의 표정이

다시금 밝아졌다.

참으로 변화무쌍한 사람들의 표정이었다.

하지만 이들의 마음이 어느 정도 이해가 가기에 정진은 그런 것에 대해 일일이 티를 내지 않았다.

정진은 최중현 대령이 자리를 내주자 바로 자리에 앉아 회의에 참여하였다.

"지금 상황은 어떻습니까?"

아무런 정보도 없이 전투에 임할 수는 없는 일이었다.

그땐 비록 무너지기는 했지만 쉘터의 방벽이라는 장애물이 있었기에 정진이 바로 전투에 참여를 하더라도 위험에 처할 리 없다.

하지만 지금은 그때와는 상황이 많이 다르다.

몬스터가 아무런 방해도 없이 게이트를 통과해 지구로 쏟아져 오고 있는 것이다.

너무도 어마어마한 규모의 몬스터 무리는 아무리 8클래스의 마도사라고 해도 방심할 수 없는 일이었다.

"현재 사리원 방면에 8만 정도의 몬스터가 모여 있고, 또 곡성군에 15만 정도의 몬스터가 뭉쳐 있습니다. 또한 3만 정도의 소수 집단이 산을 넘어 판교군 방면으로 이동하고 있습니다."

조금 전 회의에 나온 내용을 간단하게나마 다시 한 번 애기하는 장교의 말을 경청하며 정진은 지도를 보고 고심하기 시작했다.

아직까진 시간적 여유가 있는데, 정진이 보기에 사리원이나 곡산군 일대에 뭉쳐 있는 대규모 몬스터 무리보다는 판교군 방면으로 이동한 3만 정도의 몬스터가 더 문제인 것처럼 보였다.

다른 두 대규모 집단이 움직일 경로는 빤했다.

규모가 규모이다 보니 앞에 높은 산이 보이면 산을 넘기보단 평야 지대로 돌아갈 것이 분명했다.

그렇게 생각하면 사리원에 있는 집단이나 곡산군에 있는 몬스터들이 이동을 할 방향은 정해져 있는 거나 마찬가지다.

하지만 그에 비해 3만의 규모로 동쪽으로 이동을 한 소규모 무리는 달랐다.

처음부터 산을 타고 넘은 놈들이라 어디로 갈 지 알 수가 없는 것이다.

더욱이 이곳은 방어 작전이 뚫리더라도 임진강으로 인해 몬스터는 다시 한 번 남하하는데 장애를 겪을 테지만, 동쪽으로 이동을 하는 몬스터들에게는 해당 사항이 아니다. 변수가 너무도 많았다.

생각을 마친 정진은 심각한 표정으로 최중현 대령에게 말을 꺼냈다.

"아무래도 동쪽으로 이동한 3만의 몬스터 무리가 걱정이 됩니다."

"네? 사리원의 8만과 곡산군의 15만이나 되는 몬스터보다 겨우 3만 정도밖에 되지 않은 몬스터가 더 문제란 말씀입니까?"

최중현은 정진의 이야기에 고개를 갸웃거렸다.

그의 상식으로는 도저히 이해할 수 없는 말이었기 때문이다.

누가 봐도 3만보다는 8만과 15만이 더 위협적인 것이 당연하다 생각할 텐데, 겨우 3만을 가지고 걱정을 하는 정진의 모습이 이상했던 것이다.

또한 이 자리에 있는 사람들 대부분이 같은 생각을 하고 있었다.

"여기, 지도를 잠시 주목해 주십시오."

정진은 조금 전 작전 장교가 설명하던 부분을 지도에 가리켰다.

사람들은 정진이 가리킨 지도를 보며 정진의 말에 주목하기 시작했다.

"지도를 보시면 여기 사리원과 곡산군에 모여 있는 몬스터가 남쪽으로 이동을 하려면 방향이 정해져 있습니다."

"그건 우리도 알고 있는 사실이오. 그래서 방어선을 이렇게 개성에 설치한 것이기도 하오."

박용한은 정진의 말이 끝나기 무섭게 자신들도 생각한 것을 정진이 무엇 때문에 다시 언급을 하는 것인지 알지 못해 말을 끊으며 대답을 하였다.

그런 박용한의 말에 정진은 담담히 다시 지시봉을 가지고 곡산군에서 갈라진 3만의 몬스터가 향한 방향을 가리켰다.

"그럼 곡산군에서 갈라진 3만의 몬스터의 방향을 보겠습니다."

정진은 자신이 생각한 것들을 하나하나 설명하기 시작했다.

한참 설명을 듣던 몬스터 대응군의 지휘관들과 각 헌터 클랜의 대표들은 정진이 하는 이야기의 뜻을 알게 되자 모두 긴장하였다.

방향을 알지 못한다는 불확실성이 어떤 결과를 초래하는지 그제야 알게 된 이들은 심각한 표정이 되었다.

"그래서 말인데, 저희 아케인 클랜은 별동대가 되어 동쪽으로 흘러간 몬스터 무리를 처리하겠습니다."

정진은 사람들의 표정을 보면서 어느 정도 상황이 무르익었다는 생각이 들자 자신의 생각을 말했다.

하지만 정진의 말에 선뜻 대답을 하는 이들이 없었다.

심적으로는 정진의 말을 듣는 것이 맞는데, 다른 한편으로는 북쪽에 모여 있는 몬스터의 숫자가 너무도 압도적인 상황이라 강력한 전력인 아케인 클랜을 다른 쪽으로 돌린다는 것도 쉽게 결정을 내릴 수 없었다.

† † †

정진은 워프 게이트를 통해 클랜원들이 나오는 것을 지켜보았다.

몬스터 대응군 1연대장인 최중현 대령의 허가를 받아 아케인 클랜을 독립적으로 운용할 수 있는 권한을 받았다.

원칙적으로는 몬스터 대응군과 합류를 하여 남하하는 몬스터 대군을 막아야 하겠지만, 몬스터가 집단으로 움직이는 것이 아니라 여러 무리로 분리가 되어 한반도 전역으로 퍼져 나갈 조짐이 보이니 어쩔 수 없었다.

한반도 남쪽으로 내려가는 몬스터들을 늘리지 않기 위해 강력한 기동부대를 꾸려야 한다는 정진의 의견에 손을 들어준 것이다.

이런 이유로 정진은 아케인 클랜원들을 이끌고 빠르게 북동쪽으로 이동하여 일단 동쪽으로 이동을 하는 3만의 몬스터 무리를 쫓기로 하였다.

그렇게 개성의 방어군 진지에 도착한 지 30분도 되지 않아 정진은 공간 이동 마법을 통해 3만의 몬스터가 어디에 있는지 파악한 뒤, 그곳에서 30㎞ 내려온 평강군에 임시 거점을 만들고 워프 게이트를 열었다.

임시 거점이라고는 하지만 정진은 절대 허술하게 진지를 구축하지 않았다.

철저하게 뉴 어스에 건설한 쉘터들과 같은 방식으로 중심에 마나 집접진을 만들고 마법을 이용해 방책을 만들었다.

비록 뉴 어스에 만든 쉘터의 방벽처럼 높은 것은 아니었지만, 쉘터의 방어 시스템을 그대로 마법진으로 구축했기에 임시 거점으로 삼기엔 충분한 방어력을 가지고 있었다.

그리고 지금 워프 게이트를 건설해 아케인 클랜의 헌터들을 이동시킨 것이었다.

그런데 워프 게이트를 넘어오는 인원 속에는 백화 클랜의 클랜장인 백장미와 그녀를 보좌하는 백화 클랜의 간부들, 마지막으로 백화 클랜의 최정예인 친위대가 섞여 있었다.

"누나까지 같이 넘어온 거예요?"

"응. 이렇게 간단하게 이동할 수 있는데 굳이 몇 시간씩 차를 타고 고생할 필요는 없잖아?"

백장미는 정진의 물음에 별거 아니란 표정으로 대답을 했다.

하지만 정진의 입장에서는 참으로 난감한 일이었다.

아케인 클랜이야 개성의 방어선 지휘관인 최중현 대령의 허가를 받고 움직이는 것이지만 백장미와 백화 클랜은 아무러 허가도 받지 않은 상태다.

즉, 그 말은 백화 클랜은 헌터 동원령에 의거해 개성에 있는 방어군 진지로 가서 합류를 하던가, 아니면 파주에 있는 몬스터 대응군 사령부에 가서 지시를 받아야 한다는 것이다.

그런데 이런 허가도 받지 않고 아케인 클랜과 동행을 하면, 자칫 잘못했다가는 백화 클랜이 헌터 동원령을 거부한 것으로 보일 수도 있었다.

아무리 백화 클랜이 대한민국 3대 클랜이라 불리고, 또 뒤에 신세기 그룹과 같은 빵빵한 배경이 있다고 하지만 앞일이란 모르는 것이다.

백화 클랜이 3대 클랜이란 명성을 가지고 있는 것에 질투를 느끼고 있는 헌터 클랜이나 신세기 그룹의 경쟁 그룹에서 나설 수도 있다.

이들이 백화 클랜에 부정적인 여론을 형성한다거나, 몬스터 대응군에서 백화 클랜이 헌터 동원령을 무시했다고 생각하고 제제를 가하려고 한다면 문제가 커질 수 있었다.

그러니 정진은 일단 백장미를 설득하기로 하였다.

"누나, 지금 우리 클랜은 몬스터 대응군 지휘관에게 의뢰를 받아 이천군과 판교군 쪽으로 이동한 몬스터 무리를 퇴치하기 위해 독립적으로 움직이는 거야. 하지만……."

정진은 진지한 표정으로 백장미에게 설명하자, 백장미의 표정이 찌푸려졌다.

"알았어, 네가 무슨 말을 하는지 잘 알겠는데… 좀 섭섭하네."

백장미는 비록 자신이 정진보다 나이가 많지만 여자로 보이고 싶었다. 하지만 그런 자신의 마음을 몰라주는 정진에게 조금 야속한 마음이 들자 섭섭한 감정이 여과 없이 드러나고 만 것이다.

'어휴!'

그런 친구의 모습에 백화 클랜의 부클랜장인 한선화는 한 손으로 얼굴을 감싸며 고개를 흔들었다.

그렇게 도도하던 백장미가 자신보다 어린 남자에게 빠져 저렇게 자신의 속마음을 여실히 보여주는 것이 안타까웠다.

더욱이 단 둘이 있는 상황도 아니고, 주변에는 아케인 클랜의 헌터들과 자신의 클랜원들도 많은 상황에서 클랜장이 이런 모습을 보이고 있으니 조금 창피한 마음까지 들었다.

"우리도 그럴 생각이에요."

한선화는 더 백장미에게 일을 맡겼다가는 밑바닥까지 다

보여줄 것 같아 얼른 백장미를 정진의 곁에서 떼어놓고는 말을 하였다.

그리고 백장미의 귀에 대고 귓속말을 건넸다.

"이것아, 네가 무슨 생각을 하고 있는진 알겠는데 주변을 살피면서 해라! 어휴!"

한선화는 그렇게 작은 목소리로 백장미를 훈계하고 고개를 돌려 정진을 보면서 다시 한 번 말을 하였다.

"여기서 가까운 곳에 군이 저지선을 만들고 있다고 하니 우린 그곳으로 가볼게요."

"알겠습니다. 이번 북한 지역에 몰려온 몬스터의 숫자는 10만이 넘어가고 있으니 조심하십시오."

정진은 임시 거점을 벗어나고 있는 백화 클랜의 뒤에 대고 조심하라는 말을 건넸다.

잠시 소란이 일기는 했지만 백화 클랜이 거점을 빠져나가자 이제는 아케인 클랜만 남게 되었다.

정진은 간부들을 소집하고, 헌터들에게는 정비할 시간을 주었다.

기본적으로 아케인 클랜의 헌터들에게는 몇 가지 장비들이 보급되어 있다.

매직 아머를 비롯한 매직 웨폰 등 헌터의 무기와 방어구뿐만 아니라 몬스터 헌팅을 나갔을 때 필요한 식량과 식수,

야영 도구 등 많은 장비들이 그것이다.

또한 이 모든 것들을 보관할 수 있는 마법 배낭도 있었다.

이 배낭은 착용 시에는 물론 몬스터와 전투를 벌이고 있을 때에도 전혀 움직임에 지장을 주지 않았다.

배낭의 크기가 그리 크지 않을뿐더러, 등 주변에 딱 맞도록 디자인되어 몸을 움직여도 덜렁대거나 늘어지지 않았다.

임시 거점에는 워프 게이트와 마나 집접진이 있는 부지와 마법으로 만든 흙으로 된 방벽 말고는 아무것도 없었지만, 창고를 통째로 짊어지고 다닐 수도 있는 이들에게는 전혀 문제될 것이 없었다.

아케인 클랜원들은 저마다 갖고 있는 배낭에서 텐트를 꺼내 설치하고, 그 안에서 장비들을 꺼내놓고 점검하기 시작했다.

일반 헌터들이 그렇게 자신들의 거처를 마련할 때, 일부는 작전 회의실과 지휘소로 쓸 대형 텐트를 설치하기 시작했다.

뉴 어스에서 이미 몇 번이나 사용했던 만큼 대형 텐트를 설치하는 것은 10분도 걸리지 않았다.

아케인 클랜은 워프 게이트를 통해 이동한 지 얼마 되지도 않아 모든 준비를 완료할 수 있었다.

† † †

지휘소로 쓰일 대형 텐트의 설치가 끝나자마자, 정진은 간부들을 모두 소집했다.

"잠시 이걸 봐주시기 바랍니다."

정진은 테이블 위에 수정구를 올리며 말을 하였다.

아케인 클랜의 간부들은 정진이 무엇 때문에 수정구를 테이블 위에 올리는 것인지 이미 알고 있었다.

팟!

그때, 수정구가 밝은 빛을 내며 허공에 어떤 이미지를 띄우기 시작했다. 아케인 클랜 간부들은 모두 익숙한 듯 그 화면을 주시했다.

수정구로부터 나온 화면은 위성사진만큼이나 크고 정밀한 한반도 지도였다.

정진은 허공에 떠 있는 화면 쪽으로 손을 향하고 이리저리 움직였다.

그러자 지도가 확대되더니, 황해도 지역과 강원도 일대를 보다 자세하게 보여주었다. 황해도 지역 일부와 강원도 지역 일부가 붉은색으로 표시가 되어 있었다.

"평양 게이트에서 나온 몬스터들의 분포도입니다."

"음……."

정진의 말이 떨어지기 무섭게 지도를 주시하고 있던 간부들의 입에서 심각한 침음성이 흘러나왔다.

지도를 보니 붉게 표시가 된 지역, 즉 몬스터가 점령하고 있는 지역의 색이 심상치 않았기 때문이다.

아케인 클랜에서 사용하는 이 수정구는 몬스터 헌팅을 나갈 때 사용하는 것으로, 몬스터들의 위치를 나타내는 지도를 띄울 수 있었다.

단지 몬스터들의 위치만을 알려주는 게 아니라, 몬스터들의 숫자가 지나치게 많거나 높은 등급의 몬스터들이 있는 경우도 색깔로 위험도를 판별할 수 있었다.

그런데 지금 허공에 떠 있는 황해도와 강원도 일대는 지극히 위험함을 나타내는 핏물이 뚝뚝 떨어질 듯한 붉은 표시로 가득했다.

거기다 몬스터들이 분포한 지역이 얼마나 넓은지, 분지의 절반 이상을 차지하고 있었다.

이것들이 다 몬스터라니, 아케인 클랜 간부들은 오금이 저려왔다.

"……."

정진은 심각한 간부들의 표정을 보며 그들이 차분해지기를 잠시 기다렸다.

잠시 침묵이 흐르고, 간부들이 정신을 차리자 회의가 다시 진행되었다.

"우리가 할 일은… 여기를 보시면 사리원과 곡산군 방면에 있는 몬스터들보단 세력이 작지만 그래도 많은 몬스터가 모여 있는 그룹을 볼 수 있을 겁니다."

정진이 곡산군 옆에 붙어 있는 판교군 지역과 그 밑에 자리하고 있는 이천군, 아케인 클랜이 자리 잡은 평강군 위쪽에 있는 세포군을 가리켰다.

그곳에도 사리원과 곡산군에 비해 상당히 작지만, 붉은색을 띤 점이 가득했다.

"현재 이 세 곳에 몬스터가 최소 8천에서 1만 2천 정도가 모여 있을 것으로 파악이 되고 있으며, 시간이 갈수록 몬스터의 숫자는 더욱 늘어날 것으로 전망되고 있습니다."

정진은 잠시 자신의 말에 집중한 채 침묵하고 있는 간부들을 한차례 둘러보며 말했다.

"우리 클랜은 곡산군에 뭉쳐 있는 몬스터 대응군에서 갈라져 동쪽으로 이동하려는 몬스터 집단을 처리할 겁니다."

"다른 클랜과의 연계는 없습니까?"

정진의 말이 끝나기 무섭게 김지웅이 다시 질문하였다.

아무리 큰 무리에서 갈라져 나온 몬스터 집단이라고 하지만, 지도에 보이는 점들의 숫자는 대충 봐도 자신들의 열 배가 넘는 것으로 보였다.

가장 작은 무리인 이천군에 뭉쳐 있는 몬스터의 규모도 자신들에 비해 열 배 정도로 보이는데, 세 곳이나 되는 집단을 단독으로 처리를 한다고 하니 쉽게 생각할 수가 없었다.

물론 몬스터의 숫자가 많다고 해서 두려운 것은 아니었다.

그가 걱정하는 것은 자신이 지휘하는 수하들 속에서 사상자가 나올 것이 걱정되는 것이었다.

그리고 그런 마음은 이 자리에 있는 간부들 모두가 같았다.

이미 아케인 클랜의 클랜원들은 이들에게 가족이나 마찬가지였다.

비록 돈을 벌기 위해 헌터를 하고 있지만 몇 년째 함께 동고동락을 하다 보니 이제는 이들이 또 다른 가족인 것이다.

"일단 헌터를 둘로 나눌 겁니다."

"네? 둘이라뇨? 클랜을 둘로 나눴다가는 하나도 감당할 수 없습니다."

정진의 말이 떨어지기 무섭게 강현성이 깜짝 놀라며 말했다.

현재 아케인 클랜의 총원은 1,500명 정도다.

헌터 동원령 때문에 클랜에서 쉬고 있던 예비 전력까지 모두 이곳에 온 것이 그 정도 인원인 것이다.

그런데 가뜩이나 적은 병력을 반으로 나눠 열 배 이상의 몬스터들을 어떻게 사냥한단 말인가?

아무리 자신들이 매직 웨폰과 아머로 무장을 하고 있다고는 해도 감당할 수 있는 한계라는 것이 있는 것이다.

"일단 전 아케인 클랜원들을 저와 함께하는 1대와 이정진 부클랜장님을 위시한 2대로 나눌 겁니다."

정진은 강현성의 말에도 의견을 접지 않았다.

"일단 저와 함께 움직이실 분들은 류재욱 상무님과 휘하 아머드 기어 부대입니다."

자리에 앉은 채 허공의 지도와 정진의 얼굴을 번갈아 바라보던 간부들이 술렁였다.

정진이 류재욱과 아머드 기어 부대 말고는 더 이상 언급하지 않았기 때문이다.

그 말은 정진과 류재욱과 아머드 기어로 이루어진 단 200의 부대로 1만이나 되는 몬스터 집단을 사냥하겠다는 뜻이었다.

"이정진 부클랜장님께서는 남은 헌터들을 데리고 세포군에 자리 잡은 몬스터 집단을 처리해 주십시오. 변수가 있을 수도 있으니 정은이와 정수가 이정진 부클랜장님을 보조할 겁니다. 또한 이곳 임시 거점은 혹시나 모르니 50명의 헌터와 수연이가 남아서 지킬 겁니다."

"세포군으로 가는 전력은 충분하겠지만, 이천군으로 가는 전력이 그것으로 되겠습니까? 차라리 하나씩 각개격파하는 것은 어떻습니까?"

강진성이 걱정스러운 얼굴로 말했다.

아무리 생각해도 정진을 따라가는 재욱과 아머드 기어 부대가 걱정이 되었다.

클랜장인 정진의 능력은 잘 알고 있지만 그래도 1만이란 몬스터의 숫자가 주는 압박감은 그것을 능가하였다.

"저희 쪽은 걱정하지 않으셔도 됩니다. 이미 봉인은 풀렸습니다."

정진은 자신을 걱정하는 간부들을 향해 다른 설명 없이 간단하게 말을 맺었다.

그런 정진의 말에 간부들은 심각한 표정이 되어 뭔가를 고민하기 시작했다.

하지만 이들 중 단 한 사람만은 불안해하거나 걱정하지 않았다.

이정진은 정진의 설명에 작게 미소를 지으며 고개를 끄덕였다.

'봉인은 풀렸다'는 그 말이 어떤 의미를 가지는지 잘 아는 이정진은 앞으로 어떤 일이 벌어질지 무척이나 기대된다는 표정으로 회의장에 있는 간부들을 둘러보았다.

✝   ✝   ✝

파주 몬스터 대응군 사령부.

이곳은 현재 몬스터 웨이브 시작과 동시에 군은 물론이고 헌터 협회, 정부, 몬스터 산업에 몰두해 있는 각 기업들의 대표들이 모여 비상 대책 본부를 마련한 상태였다.

"조금 전에 아케인 클랜의 정정진 클랜장으로부터 평강군에 임시 거점을 구축했다는 연락이 왔습니다."

이기동 헌터 협회장이 회의장 안에 있는 사람들에게 비서로부터 전해 들은 이야기를 전달하였다.

"임시 거점이요?"

"예, 아케인 클랜에는 마정석을 이용한 쉘터 방어 시설을 건설할 수 있는 기술이 있습니다."

"쉘터 방어 시설이라니, 그 짧은 시간에 그게 가능하단 말입니까?"

이기동이 걱정할 필요 없다는 듯 고개를 끄덕였다.

"비록 임시 거점이지만 쉘터 방어 시스템을 그대로 이용할 수 있다면 방어하는 데 문제가 없을 겁니다. 그곳을 거점으로 동부로 이동 중인 3만의 몬스터를 처리하겠다고 합니다."

"그렇군요."

이기동이 확신을 띤 채 말하자, 회의장의 사람들도 대부분 고개를 끄덕였다. 믿기 힘든 얘기지만 이기동은 꽤 믿을 수 있는 인물이었다.

"우선 몬스터 대응군의 제2방어진지 위쪽에 위치한 이천군에 몰려 있는 몬스터를 1차로 공격하고, 이정진 부클랜장을 필두로 하는 1,200명의 헌터들은 세포군으로 진출한 몬스터를 공격하겠다고 합니다."

"1,200명이라구요?"

고개를 끄덕이던 사람들이 놀라 소리쳤다.

조금 잠잠해지는 듯하던 사령부 회의실이 다시 시끄러워졌다.

"그게 가능하다고 생각하십니까?"

김종혁 국무총리가 인상을 구기며 이기동에게 물었다.

열 배 이상의 전력 차이가 난다. 이렇게 되면 승패가 문제가 아니라 싸울 수 있는가 없는가부터 생각해야 하는 수준이다.

이기동은 조금 생각하는 듯하다, 큰 망설임도 없이 고개를 끄덕였다.

"제 개인적인 생각을 물어보시는 것이라면… 가능할 것이라 생각합니다."

그러자 다시 한 번 회의장 안이 소란스러워졌다.

"그게 정말로 가능한 일인가?"

김종혁 국무총리는 옆 자리에 앉아 있는 국정원 제5국장을 돌아보며 물었다.

국정원 5국. 다른 이름으로는 헌터 관리국이라 불리는 곳의 책임자인 전용현은 국무총리의 질문에 선뜻 대답하지 못했다.

그동안 아케인 클랜과 클랜장인 정진을 주목하며 그에 관한 정보를 파악해 온 것은 분명 자신이지만, 정확하게 파악했다고 할 수가 없었다.

왜냐하면 조사를 마치고 정진이나 아케인 클랜의 역량을 모두 파악했다고 생각할 때쯤이면, 그들은 그런 국정원의 생각을 비웃기라도 하듯 새로운 것들을 선보였기 때문이다.

5년 전 아티팩트 경매를 시작으로 획기적인 외상 치료제인 포션의 생산, 그리고 원리는 알 수 없지만 헌터의 기본 장비인 파워 슈트를 능가하는 아케인 클랜의 헌터 기본 장비인 매직 슈트 등은 전용현이 파악하기도 전에 세간에 퍼져 버렸다.

뿐만 아니라 몇 개월 전에는 아케인 클랜에서 헌터들의 실력을 단기간에 향상시킬 수 있는 프로그램을 공개하였다.

그로 인해 대한민국 내에 있는 헌터들의 실력이 일취월장했다.

이제는 헌터 개인의 질만으로 파악한다면 중국 못지않은 수준이었다.

중국의 헌터들은 고대에서부터 전해지는 고유 무술을 계승, 발전해 왔다. 때문에 2000년에 발생한 게이트 사태 이후 가장 질이 높은 헌터들을 다수 보유한 국가였고, 그런 헌터들을 바탕으로 세계 몬스터 산업의 한 축을 담당해 왔다.

그에 반해 전통 무술이 많이 쇠퇴하고 단절이 된 대한민국에는 그동안 상급 헌터가 부족하였다.

고대에는 한반도에도 상당히 강한 무력 집단들이 있었다. 고구려에는 조의와 선인이, 신라에는 화랑이 어린 시절부터 무예를 갈고 닦았다. 물론 고구려, 신라와 함께 삼국을 이루던 백제에도 싸울아비라는 무예 집단이 있었다.

하지만 이런 고대 무술들은 고려를 거쳐 조선의 억압과 탄압을 받으며 사장되었고, 남은 무인들마저도 심산유곡으로 숨어들었다.

이후 일제강점기를 거치면서 대한민국의 전통을 말살하

려는 일본에 의해 철저히 제거되었고, 거의 단절되었다고 해도 과언이 아니었다.

명맥을 유지한 무예가 없었던 것은 아니지만, 무술 속에 숨겨진 진의들은 오랜 박해로 인해 전승되지 못하고 겉 껍데기만 남았다.

이렇다 보니 게이트 사태 이후 대한민국의 헌터들의 실력은 너무도 형편이 없었다.

미국처럼 뛰어난 과학 기술을 바탕으로 몬스터들을 상대하는 것도 어려웠다. 대한민국의 기술이 뛰어나다고는 하지만 아머드 기어에 대한 원천 기술이 없다 보니 자체적으로 생산해 내지 못한 것이다. 때문에 대한민국은 언제나 외국에서 대 몬스터 병기인 아머드 기어를 비싼 값을 치르고 수입을 해야만 했다.

그런데 아케인 클랜이 등장하면서 이러한 상황은 180도 바뀌었다.

매직 웨폰, 그리고 포션의 생산. 뛰어난 헌터들이 아케인 클랜에서 다수 배출되면서 다른 헌터들의 경쟁 의식을 고취시키기도 했다.

뿐만 아니라 아케인 클랜에서 실시하는 헌터 양성 프로그램으로 인해 중급 헌터에 속하는 6~7급 헌터들의 숫자도 급격히 늘어났다.

놀라운 일은 그것만이 아니었다. 아케인 클랜은 쉘터 건설 사업까지 벌였다.

일개 클랜이 쉘터를 건설한다는 것은 쉬운 일이 아니었다.

뉴 서울과 뉴 대전 쉘터를 건설할 때도 대한민국은 헌터 협회는 물론이고 대기업들이 다수 참여해서야 겨우 건설에 성공했다.

국가적 사업인 덕에 나라 전체가 매달려 노력할 수 없었다면 언제 건설할 수 있었을지도 장담할 수 없는 일이었다.

그런데 규모로만 따지면 대형 클랜 중에서도 그리 크다 할 수 없고, 어떤 기업의 뒷배를 받고 있는 것도 아닌 아케인 클랜이 그것에 성공한 것이다.

물론 아케인 클랜이 건설한 쉘터는 뉴 서울이나 뉴 대전과 같은 몇 만 명을 수용할 수 있는 대형 쉘터가 아닌, 500명 정도를 수용하는 아주 작은 규모의 쉘터였다.

하지만 그렇다고는 해도 쉘터는 쉘터, 아케인 클랜이 건설한 쉘터로 인해 대한민국은 이전보다 더 많은 몬스터 부산물과 마정석을 얻을 수 있게 되었다.

짧은 시간 동안에도 대한민국의 산업은 폭발적으로 발전하기 시작했고, 2~3차 몬스터 웨이브로 받았던 피해를 복구하는 것은 물론, 점령되었던 국토를 되찾아 개발할 수도 있었다.

이 모든 일은 아케인 클랜과 클랜장인 정진의 능력이 있었기 때문에 가능했다.

이런 일이 있었으니, 그동안 조사를 계속해 온 전용현으로서도 아케인 클랜이나 정진의 역량에 관해 이렇다고 단정 지을 수 없었다.

"제 생각도 헌터 협회장이신 이기동 회장의 의견과 다르지 않습니다."

결국 전용현은 그렇게 대답할 수밖에 없었다.

전용현의 대답을 들은 김종혁이 감탄하며 고개를 끄덕였다.

"아케인 클랜이란 곳이 그 정도 역량을 가진 곳이란 말인가?"

"그렇습니다. 들어온 정보에 의하면 엠페러 클랜이 소유하고 있는 쉘터 두 곳은 이번 몬스터 웨이브의 중심에 있었는데, 모두 무사하다고 합니다."

전용현은 얼마 전 들어온 엠페러 클랜에 관한 정보를 김종혁 총리에게 들려주었다.

헌터 클랜이나 기업들이 뉴 어스에 소유하고 있는 쉘터의 규모를 김종혁 국무총리도 대충은 알고 있었다.

그런데 몬스터 웨이브 속에서 수용인원 500명 정도의

작은 쉘터가 무사히 살아남았다는 말에는 깜짝 놀랐다.

"그게 사실인가?"

"예. 백화 클랜과 아케인 클랜에서 지원군을 보내긴 했지만, 엠페러 클랜은 소유한 쉘터 두 곳 모두 무사히 지켜냈다고 합니다. 소규모 쉘터라고 해서 방어력이 떨어지는 게 아님을 보여준 셈입니다."

전용현은 강한 어조로 김종혁 국무총리에게 설명하자, 이기동도 그 말이 맞다는 듯 고개를 주억거렸다.

둘을 번갈아 보며 한동안 말없이 생각에 잠겨 있던 김종혁이 미간을 찌푸리며 중얼거리듯 말했다.

"그런데 한 집단이 그런 엄청난 힘을 가지고 있다는 것은 좀 위험하지 않은가?"

김종혁 국무총리는 아케인 클랜이 뛰어난 능력을 가지고 있다는 것이 맘에 들지 않는다는 듯한 태도를 보였다.

"그게 무슨 문제가 됩니까?"

이기동이 이해할 수 없다는 듯 물었다.

아케인 클랜이나 그곳의 클랜장인 정진과 이기동은 물과 물고기 같은 존재다.

서로 상부상조하는 그런 사이였기에 부정적인 김종혁의 말에 날을 세워 질문을 한 것이다.

"한 집단이 그렇게 막강한 힘을 가지게 되면 통제하

기가……."

"아니, 그게 무슨 시대착오적인 말입니까?"

이기동은 김종혁의 발언에 기가 막힐 뿐이었다.

지금이 어떤 시대인데 통제니 뭐니 한다는 말인가?

"그럼 너희 클랜만 그런 엄청난 능력을 가지고 있으면 위험하니 가만히 있으라고 하실 겁니까?"

이기동은 김종혁 국무총리가 헌터 클랜을 통제한다는 말을 하자 더 이상 그를 한 나라의 국무총리가 아닌 권력에 취한 정치꾼으로 생각하기로 했다.

그는 헌터 협회로서 모든 헌터들과 각 클랜들을 대표해야 하는 입장이었다.

헌터 협회장이란 직위는 비록 한 나라의 국무총리와 비교할 수도 없는 위치일지 모르지만 지금은 몬스터 웨이브가 진행 중인 상황이었다.

만약 헌터 협회의 입장에서 방금 전의 발언을 물고 늘어진다면 걷잡을 수 없는 사태가 벌어질 수도 있었다.

극단적인 예로 당장 헌터들에게 내린 동원령을 철회해 버린다면 정부 입장에서는 손쓸 수 없었다.

그런 일이 없다고 하더라도, 공생 관계라고 할 수 있는 헌터들의 정부에 대한 인식이 안 좋아질 수도 있다.

당장 이곳에서도 김종혁의 발언 후로 헌터 클랜과 연관된 사람들의 표정이 심각하게 굳어졌다.

김종혁은 차갑게 식어버린 회의장 분위기에 헛기침을 하였다.

"흠흠!"

하지만 그것만으로는 장내 분위기를 되돌릴 수는 없었다.

평화 시기야 조금 전과 같은 실수는 무마할 수 있겠지만, 현재는 재앙이나 마찬가지인 몬스터 웨이브 시기다.

헌터들의 절대적인 도움이 필요한 시기에 헌터 클랜의 능력이 높다고 하여 제재를 언급을 하는 국무총리라니… 헌터 협회와 헌터 클랜의 대표들, 그리고 헌터 클랜과 관계된 기업들의 대표들은 김종혁 국무총리를 더 이상 신뢰하기가 어려웠다.

"지금 헌터들을 차별하겠다는 말씀이십니까?"

정성구 성대 건설 사장이 차가운 얼굴로 김종혁 국무총리를 보며 물었다.

"아, 아닙니다. 제가 실언을 했습니다."

장내의 분위기가 심각해지는 것을 확인한 김종혁 국무총리는 얼른 자신의 말을 철회하며 사과하였다.

김종혁 국무총리는 알지 못했지만 지금 이 자리에 있는 사람들 중 정부와 관련된 이들 빼고는 모두 정진이나 아케인 클랜에 호감을 가진 이들 뿐이었다.

그도 그럴 것이 헌터 산업을 하는 기업들이나 클랜들은 매직 웨폰과 포션, 그리고 뉴 어스에 안전한 거점이 되는 쉘터를 건설할 능력을 가진 아케인 클랜과 손을 잡고 있다. 헌터 협회는 말할 것도 없었다.

그런데 그런 사람들 속에서 아케인 클랜을 제재하려는 발언을 한 것은 이들과 척을 지겠다는 말이나 마찬가지였다.

더욱이 아케인 클랜의 일만도 아닌 것이, 자신들도 세력이 확대되었을 때 정부에서 제재를 할 수 있다는 선례를 남겨둘 수 있는 일이다. 때문에 적극적으로 반발을 하는 것이다.

장내의 분위기는 김종혁 국무총리의 사과에도 나아지지 않았다.

그런 분위기를 읽은 것인지, 전용현 국정원 5국장이나 헌터 관리청장인 박용욱은 자신도 모르게 고개를 흔들었다.

헌터에 관해서 잘 알지도 못하는 김종혁이 헌터들과 함께 논의하는 자리에 정부 대표로 나온 것이 실수였다.

Chapter 3
로난 아케인과의 대화

　북한 정권이 무너진 이후 황폐해졌던 임진강 이북 지역의
환경은 거의 회복된 상태였다.

　자연 그대로의 모습으로 돌아온 환경에 몬스터뿐만 아니
라 짐승들도 돌아와 터를 잡기 시작한 것이다.

　3차 몬스터 웨이브가 있은 지 이미 15년 정도가 흘렀다.

　당시에는 대한민국 또한 게이트에서 쏟아진 몬스터로 인
해 이북 지역에 대해서는 전혀 신경 쓸 겨를이 없었다.

　몬스터가 휩쓸고 지나가며 인간의 흔적이 사라진 북한은
이제 자연의 보고나 마찬가지였다.

　대한민국 정부는 새롭게 보급된 매직 웨폰과 포션 등을
통해 국토에서 몬스터를 섬멸하고, 뒤이어 한반도 내 몬스터를 모두 섬멸하여 온전한 조국 통일을 이룩하려는 계획에 들어갔다.

하지만 사람의 하는 일이란 것이 매번 마음먹은 대로 이루어지는 것이 아니듯, 이도 마찬가지였다.

대한민국 정부는 4차 몬스터 웨이브라는 재앙으로 인해 계획을 수정해야만 했다.

차근차근 이북 지역을 정리해 나가던 정부는 몬스터 웨이브가 닥치기 전에 게이트 주변을 하루 빨리 정리하고 대비해야 한다는 생각에 국군이 보유한 강력한 무기를 총동원하기에 이르렀다.

또한 무기 소모를 최소화하고 애꿎은 피해가 발생해 외교 문제를 빚지 않을 수 있도록 중국 정부에 연락하기도 했다. 중국 정부가 협조를 거부하면서 협동 작전은 이루어지지 않았지만, 대한민국 정부의 입장에서는 그렇다고 계획을 늦출 수도 없는 일이었다.

그 때문에 일부 몬스터가 국경을 넘어 중국으로 넘어가는 사태가 벌어졌지만 이는 어쩔 수 없는 일이었다.

중국에서는 대한민국에 외교적인 압력을 가해왔다. 하지만 대한민국 정부는 그런 중국 정부의 압박에 굴하지 않았다.

포션을 갖고 있는 대한민국과 척을 지고 중국을 지지할

국가는 아무도 없었다.

더욱이 몬스터를 처리하는 일에 협조한다는 국제 협약을 어긴 것은 중국 쪽으로, 오히려 중국에서 사과를 해야 할 상황이었다.

나름대로 순조롭게 진행되던 몬스터 섬멸 작전은 생각보다 이르게 시작된 제4차 몬스터 웨이브로 인해 새로운 국면에 들어가게 되었다.

평양 게이트가 보이는 앞까지 진출을 했던 국군과 몬스터 대응군은 갑작스럽게 쏟아진 몬스터로 인해 속수무책으로 밀리고 밀려, 이제는 황해남도 남단의 개성까지 밀렸다.

다행인 점은 아직까지 몬스터가 내려오지 않고 사리원과 곡산군에 뭉쳐 있다는 것이다.

하지만 일부 몬스터는 황해도를 벗어나 강원도로 이동하고 있었다.

† † †

휘이잉!

번쩍!

밝은 빛이 퍼지며 허공에 커다란 구체가 생성되었다.

그러고는 그 빛이 갈라지면서 그 안에서 일단의 물체가 밖으로 나오기 시작했다.

척! 척!

빛의 구체에서 나온 것은 5m 크기의 단단한 몸체를 자랑하는 금속의 물체였다.

대 몬스터 병기인 아머드 기어가 질서정연하게 구체를 빠져나와 전열을 갖췄다.

척!

부웅!

아머드 기어가 빠져나오고, 마지막으로 상대적으로 작은 물체가 빠져나오면서 제 할 일을 마친 워프 게이트는 크기를 줄이며 사라졌다.

팟!

가장 늦게 나온 사람은 바로 정진이었다.

그가 인솔할 아머드 기어 전력 200기를 이끌고 몬스터가 몰려 있는 이천군에 도착한 것이다.

"잠시 대기한다."

"알겠습니다."

정진은 먼저 나와 진영을 갖추고 있는 아머드 기어 부대에 대기 명령을 내리고, 분지에 모여 있을 몬스터의 현황을 살피기 위해 움직였다.

탓!

분지 가까이 이동한 정진은 플라이 마법을 이용해 크기가 큰 나무 위로 올랐다.

"이글 아이."

안력을 키운 정진은 몬스터들의 위치를 파악하기 위해 주변을 둘러보았다.

"흠……."

한참 분지에 모여 있는 몬스터들을 살피던 정진의 눈에 뭔가 이상한 것이 목격되었다.

"저게 뭐지?"

아주 기묘한 풍경이었다.

일부 중형 몬스터들이 보다 작은 몬스터들, 즉 소형이나 최소형 몬스터들을 잡아먹고 있던 것이다.

뉴 어스에서 몬스터 웨이브를 방어하면서는 한 번도 본 적이 없던 광경이었다.

몬스터들은 붉은 눈을 번뜩이며 인간에 대한 적의 외에는 모든 것을 잊은 것처럼, 죽음도 두려워하지 않고 게이트가 있는 쉘터로 몰려들었다.

그런데 특이한 점은… 그렇게 몰려오던 몬스터들은 모두 먹이사슬에 관계없이 무조건 인간을 향해서만 적대 행위를 했다는 것이다.

한데 지금은 어떤가? 일부는 아직까지 붉게 달아오른 눈빛으로 아무것도 하지 않고 있었지만, 대부분은 몬스터 웨이브 이전의 모습과 비슷했다.

바글바글하게 모인 상황에서 아귀다툼을 벌이고 있는 모습을 본 정진은 당황스러운 얼굴로 고개를 갸웃거렸다.

"저게 어떻게 된 일이지? 왜? 몬스터들이 서로 잡아먹고 있지?"

상상도 못했던 모습을 확인한 정진은 혼란스러움을 느꼈다.

우웅!

그때, 그의 가슴 부위에서 작은 진동이 울렸다.

[당연하다.]

"로난? 당연하다니 그게 무슨 말이야?"

정진의 머릿속에 말을 건 존재는 예전에 몬스터 웨이브를 조사하기 위해 갔던 죽음의 협곡의 던전에서 만난 로난이었다.

흑마법사들과 최후의 전쟁을 벌이다 멸망한 아케인 왕국의 대마도사 로난 아케인. 자신의 영혼을 마법 처리된 보석에 봉인했던 그는 정진을 만난 이후 함께 던전을 나섰다.

그 후론 목걸이가 되어 정진과 함께 세상을 구경하고 있는 중이었다.

　[너희가 몬스터 웨이브라 부르는 것은 일종의 마법이다.]

　"마법?"

　[그래. 흑마법으로 대량의 몬스터를 세뇌시키고 풀어놓는 것이다.]

　로난 아케인은 몬스터 웨이브가 어떻게 해서 일어나게 된 것인지 간단하게 설명해 주었다.

　[하지만 그 마법은 어디까지나 아케인 대륙에서만 작용한다.]

　"그건 무슨 소리지?"

　[흑마법사들의 세뇌가 아무리 강력하다 해도 디멘션 게이트를 넘어서까지 작용한다는 것은 불가능하다.]

　"불가능하다?"

　[그래. 만약 디멘션 게이트 너머까지 흑마법사들의 마법이 가능했다면 이 세계는 진즉 저들의 손에 넘어갔을 것이다.]

　"그렇군, 그럼 지금 저 모습은 게이트를 넘어와 흑마법사들이 몬스터들에게 건 세뇌가 풀리면서 벌어지는 일이란 말이지?"

　[그렇다. 몬스터들은 흑마법사의 세뇌에 걸렸을 때는 배가 고픈 것도 느끼지 못한다. 마법이 풀리자 그동안 느끼지

못한 허기를 느끼고 주변에 있는 몬스터를 잡아먹는 것이다.]

"정상으로 돌아왔다는 말이군."

정진이 고개를 끄덕이며 다시 몬스터들을 바라보았다.

그렇다는 것은 지금 모여 있는 몬스터들은 전혀 걱정할 필요가 없다는 말이었다.

대규모로 이동하는 것만 막아내면 알아서 서로 잡아먹으며 숫자를 줄여갈 것이고, 차차 각자의 영역을 정하고 자리를 잡을 것이다.

그러나 정진은 이대로 몬스터가 저절로 줄어들기를 기다릴 생각은 없었다.

이번 몬스터 웨이브를 막기 위해 아케인 클랜은 정말 많은 자금을 사용하였다.

아케인 클랜이 도와주었던 다른 쉘터들에서는 방어를 끝낸 뒤 몬스터들로부터 마정석이나 부산물을 수거할 수 있었지만, 아케인 클랜원들은 숨 가쁘게 옮겨 다니며 지원을 가느라 그럴 틈이 없었다.

물론 헌터 협회로부터 어느 정도 보상이 있기는 하겠지만, 그래도 직접 몬스터의 사체를 해체하여 챙기는 것과 비교하면 큰 손해였다.

그런데 뜻하지 않게 손해를 만회할 기회가 찾아온 것

이다.

몬스터 웨이브처럼 떼로 씩씩대며 몰려오지 않을, 서로 경계하고 있는 몬스터 무리.

다른 헌터나 클랜들은 개성에 마지막 저지선을 구축하고 있는 것에 비해, 아케인 클랜은 따로 떨어져 있다. 또 독립적으로 운용할 작전권까지 있다.

남 눈치 보지 않고 맘 편히 몬스터를 잡을 수 있는 사냥터가 생긴 셈이었다.

정진은 로브 안으로 손을 넣어 수정구를 꺼냈다.

이정진을 따라 세포군으로 출정한 클랜원들에게 방금 알아낸 사실을 알려주고, 그동안 몬스터 웨이브를 막기 위해 소비한 자본을 수거하기 위해 최대한 많은 마정석을 확보하도록 지시를 내리려는 것이다.

"그래, 부클랜장님께 전달해 줘."

정진은 수정구를 통해 정은에게 로난에게서 들은 사실과 몬스터들의 상태를 알려주었다. 정은은 이정진과 함께 있을 수연과 통신하여 이를 전달해 줄 것이다.

통신을 마친 정진은 수정구를 집어넣고, 앞으로 어떻게 움직여야 할지를 잠시 생각해 보았다.

우선은 알아낸 정보들을 바탕으로 작전을 짜, 이천군에 모여 있는 몬스터들을 모두 잡을 생각이었다.

"적당히 마법을 이용하려고 했지만……."

원래는 모여 있는 몬스터들을 최대한 나눈 뒤, 아머드 기어들과 함께 치고 빠지는 식의 전투를 반복하여 각개격파할 생각이었다.

하지만 서로 잡아먹느라 몬스터의 숫자가 상당히 줄었고, 또 몬스터들도 서로를 경계해야 하는 상황이 되었다. 굳이 처음 계획을 그대로 사용할 생각은 없었다.

그렇다고 몬스터를 한꺼번에 처리할 정도로 몬스터가 줄어든 것은 아니었다.

'적당히 숫자를 줄일 필요가 있겠어.'

무슨 생각을 하는지 정진은 알 수 없는 미소를 지었다.

† † †

정진은 자신과 함께 온 아머드 기어 부대가 있는 곳으로 돌아가, 조금 전 자신이 보고 온 몬스터의 상황을 설명해 주었다.

"그럼 몬스터 웨이브 이전으로 돌아갔다는 말입니까?"

아머드 기어 드라이버 한 명이 놀라며 물었다.

"그래. 아마 더 이상 몬스터 웨이브 때처럼 앞뒤 안 가리고 달려들지는 못할 거다. 그러니 그 점을 유념하고 몬스터를 상대하길 바란다."

정진의 말이 끝나자 드라이버들은 고개를 끄덕이며 자신의 팀원들과 의논을 하기 시작했다.

아케인 클랜의 아머드 기어 부대는 5기가 1조가 되어 사냥을 한다.

아케인 클랜의 아머드 기어 드라이버들과 다른 헌터 클랜의 드라이버들과는 현저한 차이가 있었다. 이들은 아케인 클랜의 일반 헌터들처럼 개인적인 역량이 다른 클랜의 드라이버들보다 훨씬 뛰어나다는 것이다.

일반적으로 아머드 기어 드라이버들은 아머드 기어의 출력이나 방어력에 의존하여 자신의 신체 능력이나 실력은 일반 헌터에 비해 떨어졌다. 하지만 아케인 클랜의 아머드 기어 드라이버는 실력 면에서 그리 많은 차이가 나지 않았다.

클랜이 점차 커지면서, 정진은 아케인 클랜의 헌터들은 아머드 기어 드라이버나 일반 헌터의 구분 없이 모두 일정 수준 이상의 실력을 키우도록 정책을 세웠다.

그 때문에 아케인 클랜의 아머드 기어 드라이버들은 몬스터와 직접적으로 전투를 벌이지 않음에도 수련을 받아야 했다.

처음 클랜장인 정진이 아머드 기어 드라이버에게 불필요

한 육체 수련을 시킬 때만 해도 불만의 목소리가 없진 않았다.

하지만 육체 수련을 마친 뒤로 아머드 기어 드라이버들은 깨닫게 되었다.

육체 수련을 통해 아머드 기어 운용에 더욱 능숙해진 것이다.

강한 체력과 인내심을 갖게 된 이들은 다른 클랜의 드라이버들보다 훨씬 오래, 안정적으로 아머드 기어를 운용할 수 있었다.

아케인 클랜의 아머드 기어 드라이버들은 다른 헌터 클랜의 아머드 기어 드라이버에 비해 더욱 프라이드가 높았다.

다른 헌터 클랜의 아머드 기어 드라이버들은 자신들이 대몬스터 병기인 아머드 기어를 운용한다는 것에 엘리트 의식을 가지고 있지만, 일반 헌터들은 곧잘 이런 이들을 능력도 없는 자들이 병기의 이점으로 헌터 등급만 높다고 손가락질하기도 했다.

하지만 아케인 클랜의 아머드 기어 드라이버는 일반 헌터처럼 육체 능력까지 뛰어났으니, 아무도 뭐라 할 수 없었다. 거기에 아케인 클랜이란 이름까지 있으니, 다른 클랜의 드라이버들보다 높은 프라이드를 가질 수밖에 없었다.

"우선 중(中)형 이상의 몬스터를 잡는 것이 첫 번째고, 그 뒤 소형 몬스터 순으로 갑니다."

"알겠습니다."

아머드 기어 드라이버들이 대답했다. 팀장들과 몇몇은 작전 내용을 간단히 메모하기도 했다.

"우린 이곳의 몬스터만 잡고 빠집니다. 마정석 수거와 뒤처리는 본부에서 올 인력이 처리할 겁니다. 물론 그들의 안전을 위해 절반 정도의 전력이 이곳에 남을 겁니다. 각 팀별로 미리 남을 인원을 정해주세요."

정진은 아머드 기어 부대장인 류재욱에게 지시하였다.

정진의 지시를 받은 류재욱은 고개를 끄덕이는 것으로 대답을 대신했다.

전투가 있을 때면 말수가 줄어드는 것은 팀 아케인 시절부터의 특징이었다. 정확히는 김지웅이 부상을 입게 된 이후부터.

그것을 잘 아는 정진은 작전 회의를 마쳤다.

†　　　　†　　　　†

쿵! 쿵!

작전 회의가 끝나자 아케인 클랜의 아머드 기어 부대가 이동을 하기 시작했다.

각 조별로 5기씩, 총 40개의 조가 꾸려졌다.

이렇게 꾸려진 40개의 조로 넓게 포진을 하며 이천군에 모인 몬스터 떼를 포위하였다.

어떻게 보면 무모해 보이지만, 이들의 작전은 사실 결코 무모한 것이 아니었다.

이천군에 모인 몬스터는 차원 게이트를 넘어온 지 며칠이 지나 이미 세뇌의 잔재가 보이지 않았다.

몬스터들은 본능에 따라 죽고 죽이며 서로를 잡아먹고, 일부는 벌써 영역 싸움을 벌이고 있었다.

덕분에 이천군에 모여 있는 몬스터의 숫자는 갈수록 줄어들고 있는 상황이었다.

정진은 외부에서 이천군으로 들어오는 몬스터도 현재 전력으로도 충분히 처리할 수 있다고 판단했다.

몬스터 웨이브야 몬스터가 물불을 가리지 않고 덤벼드니 위험한 것이지, 지금처럼 몬스터끼리 서로 견제하고, 또 잡아먹기도 하는 상태에선 같은 숫자라고 해도 비교적 덜 위험하다고 할 수 있었다.

거기다 본능이 깨어난 소형 몬스터는 아머드 기어를 상대할 수 없다는 판단이 내려지면 바로 도망을 칠 테니, 이천군에 모여 있는 몬스터 떼의 90% 이상을 차지하는 소형 몬스터들은 사실상 위협이 전혀 되지 않았다.

그나마 위험할 수 있는 것은 중형 몬스터 중에서도 숲의 사냥꾼이라 불리는 오거나, 그리스 신화에 나오는 미궁의 주인인 미노타우로스 정도였지만 그 역시 정진은 전혀 걱정하지 않았다.

아케인 클랜의 아머드 기어 드라이버들의 실력을 누구보다 잘 알고 있기 때문이었다.

모든 드라이버들이 맨몸으로도 충분히 중형 몬스터를 상대할 수 있는 기량을 가지고 있다. 걱정해야 할 이유가 전혀 없었다.

치직!

— 1조, 자리 잡았습니다.

— 2조, 자리 잡았습니다.

— 3조…….

40개의 각 조장들이 준비가 끝났음을 무전으로 알려왔다.

가장 전방에서 날아온 무전을 확인한 재욱은 모니터를 통해 보이는 몬스터의 모습을 주시했다.

클랜장인 정진에게서 신호가 떨어지면 앞뒤 보지 않고 바로 몬스터를 향해 돌진하는, 작전이랄 것도 없는 작전이다.

얼마나 대기하고 있었을까.

쩌저저적!

화면 가득히 보이는 몬스터 무리 한쪽이 하얗게 얼어붙는 모습이 보였다.

"공격!"

신호가 떨어졌다. 류재욱은 무전으로 넓게 퍼져 있는 아머드 기어 드라이버들에게 공격 명령을 내렸다.

쿠구궁! 쾅! 쾅!

재욱은 가장 먼저 몬스터를 향해 뛰어갔다.

✝　　　✝　　　✝

정진은 분지를 한눈에 내려다볼 수 있는 허공에 몸을 띄운 채 작전 상황을 살피고 있었다.

그의 옆에는 아머드 기어 드라이버들의 위치가 표시된 이미지 마법이 떠 있었다.

정진은 육안으로 보이는 모습과 마법에 표시된 상황을 모두 확인한 다음에야 고개를 끄덕였다.

"모두 제자리에 자리를 잡았군. 그럼……."

정진은 몬스터가 뭉쳐 있는 분지 한가운데의 상공으로 이동했다.

 보다 많은 몬스터를 한 번에 처리하기 위해서는 마법의 위력도 중요하지만, 마법의 범위에 가능한 많은 몬스터들이 들어갈 수 있도록 위치를 잡는 것 또한 중요했다.

 정진이 플라이 마법을 사용해 머리 위 상공에 위치한 것도 모른 채 몬스터들은 사냥을 하고 먹이를 먹는데 여념이 없었다.

 어느 곳에선 오거나 미노타우로스 등이 사냥을 한 소형 몬스터의 사체를 들고 뜯어 먹고 있는가 하면, 또 다른 쪽에서는 소형 몬스터인 오크나 고블린 같은 것들이 상위 종인 오거나 미노타우로스 등을 떼로 달려들어 사냥을 해 잡아먹고 있었다.

 재미있는 것은 한쪽에서는 그런 모습을 보면서도 배가 불러서 그런지, 더 이상 근처에 있는 상대를 공격하거나 하지 않고 가만히 있는 몬스터들도 있었다.

 하지만 몬스터들은 알고 있었다. 이렇게 여러 종이 평화롭게 현상을 유지하고 있지만 배가 고파지면 다시 한 번 일대에 혼란의 도가니가 펼쳐질 것이라는 사실을 말이다.

 상공에서 이러한 몬스터의 모습을 지켜보던 정진이 완드를 높이 들었다.

"컨트롤 웨더(Control Weather)!"

기후 조절 마법인 '컨트롤 웨더' 마법이 펼쳐졌다.

높이 든 완드의 헤드에 반짝이던 마나가 폭발을 하듯 주변으로 펴졌다.

빛이 퍼지고, 뒤이어 정진의 머리 위쪽에 비구름이 몰려오기 시작했다.

이런 변화는 너무도 자연스러웠고, 이상을 느낀 존재는 아무도 없었다.

이윽고 정진의 기후 조절 마법에 모인 비구름으로부터 이슬비가 부슬부슬 내리기 시작했다.

먹이를 먹고 있던 몬스터들은 모두 이런 날씨의 변화에 아랑곳하지 않고 먹는 것을 멈추지 않았다.

하지만 그것은 곧 최후의 만찬이 될 것이다.

이천군 일대를 뒤덮은 빗줄기가 쏟아지기 시작한 지 얼마나 지났을까? 이슬비라 바닥에 고이고 흐를 정도는 아니었지만, 어찌 되었든 비를 맞고 있던 몬스터의 몸은 비로 인해 꽤 많이 젖은 상태였다.

"이 정도면 충분하겠군."

몬스터의 상태를 확인한 정진은 '컨트롤 웨더' 마법을 중단하였다.

비는 금방 그쳤지만, 이천군 일대의 습도는 무척 높아져 있는 상태였다.

마법을 쓸 때는 사용하는 환경 또한 아주 중요하다.

만족스러운 표정을 지은 정진이 조용히 또 다른 스펠을 외웠다.

"아이스 스톰."

블리자드보다 낮은 클래스의 마법이라고는 하나, 기후 조절 마법은 컨트롤 웨더를 통해 적합한 환경을 만들어놓은 탓에 아이스 스톰의 위력은 블리자드 못지않았다.

쩌저적!

아이스 스톰은 조금 전 내렸던 이슬비로 인해 생겨난 대기 중의 습기까지 얼려 버렸다. 한순간에 주변의 기온은 급격히 내려가며 모든 것이 꽁꽁 얼어버리고 말았다.

먹이를 먹거나 휴식을 취하고 있던 몬스터들은 저항도 해보지 못하고 얼음 동상이 되고 말았다.

원래대로라면 뉴 어스에서의 몬스터 웨이브 방어전 때처럼 전격계 범위 마법을 사용해 몬스터들을 확실하게 둔화시켰을 것이다.

하지만 지금의 사냥은 몬스터들의 말살을 위한 전쟁이라기보다 아케인 클랜이 이번 몬스터 웨이브 방어전에서 소모한 자본을 충당할 수 있는 자금을 마련하기 위한 헌팅 개념이 컸다.

전격 마법을 사용하면 자칫 몬스터들의 사체에서 온전한 부산물을 얻기 힘들 수 있었다.

그 결과 숫자만 많은 소형 몬스터는 정진의 마법에 저항하지 못하고 모두 얼어버렸다.

물론 너무 많은 숫자여서 정진이 시전하는 마법의 범위에서 벗어난 몬스터는 그 영향을 받지 않았지만 범위 안쪽에 있던 소형 몬스터는 모두 얼음 동상이 되어 목숨을 잃었다.

그리고 중형 이상의 몬스터 중에서도 마법 저항력이 떨어지는 몬스터들은 모두 소형 몬스터와 같은 운명을 맞이했고, 마법 저항력이 높은 몬스터는 그나마 한 번에 죽지 않고 살아남을 수 있었다.

마법 저항력이 높은 오거나 미노타우로스 같은 중(重)형 몬스터들은 표피를 덮는 얼음을 무시하며 흉포한 성질을 드러냈다.

크아악!

꾸워엉!

크라라락!

몬스터들은 각자 종족 특유의 괴성을 지르며 몸을 얼어붙으려는 아이스 스톰의 힘에 저항했다.

하지만 그렇다고 해서 무사할 수는 없었다.

그 운명은 이미 죽은 몬스터와 다르지 않았다.

움직임이 급격하게 둔화된 몬스터들을 본 정진이 고개를 끄덕였다.

남아 있는 중형 몬스터들은 모두 정진의 마법을 신호로 전장에 뛰어든 아케인 클랜의 아머드 기어 부대로 인해 정리될 것이다.

쿵! 쾅! 쿵! 쾅!

200기의 아머드 기어들이 일제히 뛰어오는 모습은 장관이었다.

"라이트닝 웨이브!"

정진은 아이스 스톰에 그치지 않고 5클래스의 전격 마법인 라이트닝 웨이브를 다시금 시전하였다.

라이트닝 웨이브는 5클래스이지만 넓게 퍼져 나가는 범위형 마법이다. 때문에 위력은 클래스에 비해 그리 강력하지 않았다.

하지만 처음 정진이 사용한 아이스 스톰의 영향을 받지 않은 일부 몬스터들을 제압하는 효과는 충분히 가져올 수 있었다. 아머드 기어가 돌진하는 외각 지역에 있던 소형 몬스터들은 감전으로 굳어진 몸을 제대로 움직이지 못하고 아머드 기어들의 공격을 받아야 했다.

아이스 스톰 마법은 범위 밖이라 벗어났지만, 컨트롤 웨더 마법으로 몸이 젖어 있는 상태에서 바닥을 타고 흐르는 라이트닝 웨이브를 피할 수 있을 리 없었다.

소형 몬스터들은 저항도 못하고 뻣뻣하게 굳어 바닥에 널브러졌고, 아머드 기어들이 그들을 짓밟았다.

아머드 기어 드라이버들의 목적은 작전대로 가장 먼저 마법에 직격당해 정신을 차리지 못하고 있는 중형 몬스터들을 처리하는 것이었다.

쾅!

커다란 충돌음과 함께 얼어붙어 있던 몬스터들이 충격을 감당하지 못하고 반대편으로 날아가 버렸다.

콰아악!

반대편에서 달려오던 다른 아머드 기어가 날아가던 몬스터를 향해 대검을 휘둘렀다.

남은 자리에는 목이 깔끔하게 날아간 몬스터의 사체만이 남았다.

컨트롤 웨더와 아이스 스톰이라는 연계 마법에도 살아남은 몇 중형 몬스터들이 모두 땅바닥에 쓰러지기까지는 얼마 걸리지 않았다.

1만에 달하는 몬스터들이었지만 정진의 마법에 대부분이 쓰러진데다가, 포위한 상태에서 호흡을 척척 맞춰 달려드는 아머드 기어들 탓에 순식간에 모두 허무하게 쓰러지고 만 것이다.

"정리가 문제네."

허공에서 그 모습을 보고 있던 정진이 중얼거렸다.

육중한 아머드 기어들이 쓸고 지나간 전장도 엉망이었지만, 1만 마리에 달하는 몬스터들에게서 마정석을 비롯한 부산물들을 채취하는 것도 보통 일이 아니었다.

✝   ✝   ✝

전투가 끝난 뒤, 정진은 헌터들이 몬스터에게서 마정석과 부산물을 추출하는 것을 지켜보고 있었다.

정말로 엄청난 숫자가 아닐 수 없었다.

말 그대로 산더미 같이 쌓인 몬스터의 시체를 보는 헌터들은 질린 기색이 역력했다. 조금 전 자신들이 잡은 몬스터들인데도 엄두가 나지 않을 만큼 많은 수였다.

전투를 벌일 때만 해도 그저 몬스터를 죽여야 한다는 생각에 아무런 생각 없이 몸을 움직이고 아머드 기어를 운용했다.

그런데 막상 전투가 끝난 전장을 보니 기가 찰 수밖에 없었다.

정말로 저 많은 몬스터와 전투를 싸운 건가 하는 의심이

들 정도였다.

한편 헌터들이 몬스터를 해체하는 것을 지켜보던 정진에게, 목걸이에 있던 로난이 말을 걸어왔다.

[정진.]

"무슨 일이야?"

정진이 목에 걸고 있는 목걸이 쪽으로 시선을 돌리며 대답했다.

[왜 기간트를 사용하지 않는 거지?]

"기간트? 아, 타이탄! 그건 왜 물어보는 거야?"

정진은 순간 무슨 말인지 이해하지 못했다가, 뒤늦게 로난이 했던 말을 기억해 냈다.

[그래, 넌 그것을 타이탄이라고 불렀지. 그럼 나도 타이탄이라 부르지.]

로난 아케인은 자신이 알고 있는 것과 정진이 지칭하는 단어가 다름을 다시 한 번 상기하고 명칭을 확고히 하였다.

[그 타이탄. 왜 사용하지 않는 건가?]

로난은 몬스터 웨이브가 닥쳤는데도 가장 강력한 병기라고 할 수 있는 타이탄을 사용하지 않는 정진이 이해가 가지 않았다.

정진은 몬스터가 사냥터에서 사라졌을 때, 그것을 조사하기 위해 4대 금지로 알려진 지역을 탐사하였다.

그러던 중 4대 금지 중 한 곳인 죽음의 협곡에서 과거 뉴 어스의 왕국 유적을 발견하였다.

아니 정확하게는 뉴 어스에 존재했던 왕국의 마탑의 유적이다.

이 마탑의 유적은 대 몬스터 병기인 타이탄을 연구, 개발하는 곳이었다.

비록 타이탄 생산 공장은 아니었지만 연구 개발을 하던 곳이다 보니 몇 기의 타이탄이 존재했다.

정진은 그곳에서 로난을 만나고, 그의 허가를 받아 그 유적을 소유하게 되었다.

그리고 유적에 보관되어 있던 로난과 같은 아케인 왕국의 마법사들이 연구하던 타이탄도 함께 얻게 되었다.

이 타이탄들은 예전 흰머리산 던전에서 발굴한 것과 같은 타이탄은 아니었다.

흰머리 산에서 발굴한 것은 정식으로 양산이 된 기체로 '월러드' 라는 이름의 워리어급 타이탄이다.

아케인 왕국이나 뉴 어스의 왕국들은 타이탄을 등급별로 구별을 하였는데, 기본형인 솔저급에서부터 로드급까지 있었다.

성능은 '솔저〈워리어〈나이트〈챔피언〈로드' 순으로, 솔저급만 해도 중(重)형 몬스터인 오거를 1:1로 상대가 가능할 정도였으며, 운용하는 기사의 능력에 따라 변종인 자이언트 트롤까지 상대할 수 있을 정도로 강력한 타이탄이었다.

워리어는 솔저급의 지휘관용으로 개발된 타이탄으로 솔저급보다 강력한 성능을 가지고 있었다.

하지만 흑마법사들이 몬스터를 개량하여 변형 몬스터가 많아지면서 왕국들도 대 몬스터 병기인 타이탄의 성능을 개선하고 또 보다 강력한 타이탄을 개발하기에 힘썼다.

그렇게 나온 것이 나이트급 타이탄과 챔피언급 타이탄이었다.

몬스터가 강력하게 변하는 속도에 맞춰 타이탄도 보다 강력하게 업그레이드되었다.

보다 빠르고 민첩하면서도 기사의 능력을 십분 발휘할 수 있게 개선된 타이탄은 일선에서 타이탄을 운용하는 기사들의 열렬한 지지를 받았으며, 그 등급도 나이트급이라 명명이 되기에 이르렀다.

이런 타이탄을 상대하기 위해 흑마법사들은 특별한 몬스터를 만들어내기에 이르렀다.

4대 금지 중 한 곳인 거인 왕국에 있는 몬스터가 바로 그것이다. 최소 크기가 10m가 넘어가는 엄청난 크기의 대형 몬스터들이었다.

덩치가 커지자 몬스터들은 보다 많은 마나를 몸에 축적할 수 있게 되었고, 대 몬스터 병기인 타이탄으로는 대형 몬스터와 일대일로 상대할 수 없을 정도였다.

그래서 왕국들은 이런 대형 몬스터를 상대하기 위해서 나이트급 타이탄을 집단으로 운용하였다.

그러나 왕국이 보유한 기사의 숫자는 한계가 있었고, 몬스터의 숫자는 갈수록 늘어났다.

흑마법사에 의해 개량이 된 중(重)형 몬스터나 대형 몬스터가 출현을 하면 속수무책으로 당할 수밖에 없었다. 한정된 전력으로 무한에 가까운 적을 상대해야 하니 당연한 결과였다.

이에 마탑들은 나이트급 타이탄보다 더 강력한, 대형 몬스터도 일대일로 상대할 수 있는 타이탄을 연구하기에 이르렀다.

마법사들은 타이탄의 최적의 크기는 기존에 운용하던 워리어나 나이트급과 같은 10m가 최적이라고 보았다.

보다 작으면 민첩한 움직임을 보일 수 있으나 마력로에서 생산하는 마력을 감당하는 데 한계가 있으며, 그렇다고 10m 이상으로 크기를 키운다면 타이탄의 무게로 인해 마력로의 출력이 떨어졌다.

물론 마력로의 출력을 더 강력하게 높이면 되기도 하지만 그렇게 하는 것만이 정답은 아니었다.

타이탄의 신체를 운용하는 것은 타이탄에 탑승하는 기사의 역량에 따른다.

아무리 뛰어난 기사라 해도 자신의 신체가 아닌 타이탄의 거대한 신체를 인식할 수 있는 범위는 10m가 한계였다.

그 이상으로 커지면 기사와의 싱크로율이 떨어져 마력로의 출력이 높아도 마력로에서 생산하는 출력을 제대로 사용할 수 없었다.

때문에 크기에는 변화가 없었지만, 연구에 연구를 거듭해 대형 몬스터와도 일대일로 맞붙을 수 있는 타이탄이 개발되었다.

왕국들은 이러한 타이탄을 챔피언이라 불렀다.

나중에는 이런 챔피언 타이탄이 늘어나면서 대형 몬스터를 상대할 수 있을 정도로 강력한 타이탄을 챔피언급이라고 명명하기에 이르렀다.

그런데 이렇게 강력한 타이탄인 챔피언급 위에 군주를 뜻하는 로드란 명칭으로 불리는 또 다른 등급이 있었다.

왕국에서만 타이탄을 처음 개발해 그것을 바탕으로 뉴 어스를 지배하기에 이르렀다.

인간 외의 존재, 즉 몬스터뿐만 아니라 유사 인류인 엘프나 드워프 등도 왕국들에게는 지배의 대상일 뿐이었다.

그 때문에 유사 인류들은 강력한 타이탄에 밀려 인간의 왕국의 힘이 닿지 않는 오지로 도망을 치기에 이르렀다.

하지만 인간의 욕심은 끝이 없었다.

보는 것만으로도 아름다운 엘프나, 손재주가 뛰어나 아름다운 장신구와 예술품을 만드는 드워프.

인간들, 아니 왕국을 지배하는 왕족과 귀족들에게 유사 인류들은 하나라도 더 차지하고픈 존재였다.

드워프는 자신의 부를 늘릴 기술자 내지는 노예였고, 또 엘프는 그 아름다움으로 인해 욕망의 대상으로 찾았다.

인간의 욕망을 알게 된 유사 인류는 인간의 가장 강력한 무기인 타이탄을 어떻게 하지 않는 이상 자신들의 미래는 정해져 있다는 것을 깨닫고, 그들 자체적으로 타이탄을 연구하기 시작했다.

인간들이 몬스터와 흑마법사에 대항하기 위해 타이탄을 개발한 데 비해, 유사 인류는 그것을 무기로 자신들을 위협하는 인간에게서 자신들을 지키기 위해 인간들보다 강력한 타이탄을 연구하게 된 것이다.

기술은 있지만 마법에는 재능이 없는 드워프와, 타이탄을 만드는 데 필요한 기본 요건인 금속 제련술은 없지만 뛰어난 마법사인 엘프들이 협력하여 연구를 하면서 인간이 개발한 타이탄을 능가하는 엄청난 타이탄이 만들어졌다.

최강의 타이탄이라 불리는 챔피언급 타이탄을 능가하는, 말 그대로 모든 타이탄의 정점에 이르는 타이탄이었다.

하지만 무엇이든 최고의 것만을 추구하는 드워프의 고집으로 인해, 드워프와 엘프가 합작으로 개발한 이 타이탄은 단 한 기만으로 끝이 났다.

이 타이탄은 강력한 성능을 내기 위해 최고의 재료만이 들어갔던 것이다.

모두 많은 숫자를 생산하기엔 너무도 희귀하고 비싼 재료들이었다.

무엇보다 강력한 성능을 내기 위해 많은 마력을 생산할 수 있는 마력로가 필요했다. 드워프들은 이 마력로를 만들기 위해 최고의 마정석이라 불리는 드래곤의 심장, 즉 드래곤 하트를 사용하였다.

오래전 중간계의 지배자인 드래곤의 의뢰를 받아 드래곤이 필요한 물건을 만들어주고 그 대가로 받았던 소량의 드래곤 하트가 타이탄의 마력로에 들어간 것이다.

드래곤 하트를 보조하기 위한 최상급 마정석도 다량 들어 갔다.

그것만으로도 엄청난데, 드워프의 욕심은 그에 그치지 않았다. 타이탄의 신체를 이루는 금속도 최고의 것을 사용하였다.

신의 금속이라 불리는 오리하르콘과 미스릴은 물론이고, 드래곤의 뼈인 드래곤 본까지 이용한 최강의 합금을 만들어 그것으로 타이탄의 몸체를 만든 것이다.

최강의 신체와 최강의 심장을 장착한 타이탄은 더 이상 다른 무엇과도 비교가 불가능한 존재로 탄생하였다.

하지만 너무도 강력한 최고의 물건이 탄생을 하자, 드워프들은 더 이상 그것을 능가하는 타이탄을 만들 자신이 없어졌다.

인간들의 왕국이 보유한 타이탄을 능가하는 타이탄을 개발하자는 생각에 치우친 나머지 최고의 재료를 가지고 최강의 타이탄을 개발하기는 했지만, 그것을 양산하기에는 너무나 어려운 점이 많았다.

개발한 최초의 한 기 말고는 더 이상 생산할 수가 없었던 것이다.

그러다 보니 두 종족이 합심해 만든 타이탄은 단 한 기만 생산되었고, 더 이상 생산할 수 없었다.

오랜 수명을 가지고 있는 이종족들은 인간들처럼 기록으로 유산을 후대에 계승하지 않고 도제식으로 지식을 전수한다. 그러다 보니 후대에 이르러 이 타이탄을 생산하기 위한 지식이 단절되고 말았다.

하지만 드워프와 엘프의 터전을 위협하던 인간의 침입을 막아내는 것은 바로 이 한 기의 타이탄만으로도 충분했다.

마스터급 기사가 챔피언급 타이탄을 타도 드워프와 엘프가 합심을 하여 만든 이 타이탄을 능가하지 못했다.

귀중한 인재인 마스터급 기사와 타이탄을 연달아 잃자, 왕국들은 유사 인류들을 얻는 것을 포기하고 더 이상 그들을 노리지 않게 되었다.

괜히 욕심을 부리다 전략 병기인 챔피언급 타이탄과 마스터를 잃는 것은 자칫 왕국을 파멸로 몰고 올 수도 있는 문제기 때문이다.

그렇다고 각 왕국들이 욕심을 완전히 버린 것은 아니었다.

아직 능력이 되지 않으니 잠시 멈췄을 뿐이었다.

왕국은 많은 예산을 투입해 마탑에 이종족의 타이탄을 상대할 수 있는, 보다 강력한 타이탄을 개발하라는 지시를 내렸다.

또한 일부 마법사들도 자신의 명성을 드높이기 위해 이종족의 타이탄을 능가하는 타이탄을 개발하는 일에 뛰어들었다.

지금은 정진의 목에 걸려 있는 목걸이에 잠들어 있는 로난 또한 그런 인물 중 한 명이었다.

최강의 타이탄인 이종족들의 '골든 가디언'.

인간들은 이 타이탄을 황금의 기사, 즉 '골든 나이트'라 불렀다. 또한 골든 나이트를 능가할 타이탄을 개발하기 위한 노력을 아끼지 않았다.

그 때문에 왕국이 흑마법사들과의 전쟁에서 멸망할 때까지도 전장에 나가지 않고 마탑에서 타이탄을 연구하고 있었던 것이다.

그리고 정진이 유적에서 얻은 타이탄들은 이런 연구의 결과물 중 일부였다.

하지만 정진이 보기에 유적에 있던 타이탄은 완벽한 완성품이 아니었다.

뛰어난 성능이란 것은 타이탄의 심장인 마력로에 그려진 마법진의 일부를 확인하고 알 수 있었지만, 너무 불안정했다.

강력한 마력을 생산하기 위해 안정성보다는 어떻게든

더 많은 출력을 낼 수 있도록 룬과 마법진이 배치되어 있었다.

그 말은 타이탄에 탑승하는 운용자의 안전이 보장되지 않는다는 소리였다.

즉, 불발탄 위에 올라선 것이나 마찬가지로 언제 터질지 모르는 폭탄을 안고 그것을 운용하는 것이다.

정진은 타이탄을 운용하지 않고 있는 것은 그 때문이었다.

"전에도 이야기했을 텐데."

[네가 무슨 걱정을 하는지 알고 있다. 하지만 왕국의 마도는 최고다. 전혀 하자가 없는 설계였으며, 설계에 맞게 만들어졌다.]

로난은 정진의 말에도 자신의 뜻을 굽히지 않았다.

타이탄을 최초로 개발한 곳도 로난이 속해 있던 아케인 왕국의 마탑이었고, 최고의 타이탄 개발 능력을 가진 곳도 바로 그곳이었다. 그렇기에 로난은 자신이 만든 타이탄에 무한한 신뢰를 보였다.

하지만 마도 문명의 정점을 찍었던 고대 아케인 제국의 진전을 이은 정진이 보기에도 그렇다고는 절대 할 수 없었다. 정진이 보기에 로난과 그가 속한 마탑이 개발한 타이탄은 아직 미완성이었다.

병기는 화력, 기동성, 방어력의 3박자가 균형을 이루었을 때 비로소 완전하다고 말할 수 있다.

물론 특수한 목적을 위해 이 중 일부를 다운시키고 특정 기능을 높일 수는 있다.

하지만 이 모든 것은 안정성이란 것을 기반으로 두고 설계해야 한다. 유적에서 발견한 타이탄들은 이 안정성이 떨어져 있었다.

"클랜에 속한 헌터들은 소모품이 아니다. 그들은 내게 있어서 가족이다."

[물론 나도 네가 그들을 어떻게 생각하는지 잘 알고 있다. 하지만…….]

"하지만은 없다. 가족에게 불안정한 병기를 타고 몬스터를 상대하라고 할 순 없다."

정진은 단호한 어조로 자신을 설득하려는 로난에게 말했다.

"뭐가 그리 급한 거지? 너에게는 앞으로도 많은 시간이 있는데."

정진은 그가 너무도 조급하게 생각하고 있는 것은 아닌가 하는 생각에, 목걸이에 봉인되어 있는 그에게 주어진 시간의 한계가 없다는 것을 어필했다.

한 가지 목적을 위해 자신의 영혼을 봉인했던 존재들인

자신의 스승들이 얼마나 오랜 시간 동안 그것을 이루기 위해 존재해 왔는지 잘 알고 있는 정진으로서는 로난의 조급함이 이해가 가지 않았다.

[알겠다. 내가 조급했던 것 같다. 하지만 우리가 개발한 타이탄은 네 생각만큼 불안정한 것이 아니란 것을 알아주기 바란다.]

로난은 결국 정진의 말에 수긍하면서도, 끝까지 포기한 것은 아닌 듯 작은 목소리로 덧붙였다.

정진도 로난의 뜻을 이해한다는 듯 고개를 끄덕였다.

"그래, 하지만 너도 내 생각을 존중해 주기 바란다. 네가 살던 아케인 왕국 시대와 지금의 시대는 달라. 인간의 생명은 그 무엇보다 소중한 것이다. 그것을 가지고 위험한 시험을 할 수는 없다."

[알겠다. 네가 그렇게 생각한다면 그런 거겠지.]

"차라리 이 시간에 조금 더 마력로의 마법진을 안정화시키는 연구를 하는 것이 어때?"

정진은 이대로 평행선을 달리는 이야기를 하기 보다는 생산적인 대화를 하는 것이 낫다고 판단하고, 주제를 다른 방향으로 돌렸다.

[물론 그 연구는 지금도 계속하고 있다. 네가 준 마법 이론도 훌륭하고… 머지않아 너도 인정할 만한 결과물을 가져

오겠다.]

로난은 정진이 더 이상 자신과 대화하기를 거부한다고 생각했는지 더 이상 정진에게 말을 걸지 않고 조용해졌다.

그런 로난의 반응에 정진은 조금 더 목걸이를 쳐다보다 시선을 돌렸다.

정진은 아직도 몬스터의 몸을 헤집는 헌터들을 걱정스러운 눈으로 바라보았다.

조금 전 로난과 이야기한 타이탄이 생산된다면 가장 먼저 그것들을 운용할 이들이 바로 저 앞에서 몬스터를 해체하고 있는 사람들이기 때문이었다.

Chapter 4
타이탄의 등장

몬스터 웨이브가 시작될 것이라는 경고를 받았지만 중국의 헌터들은 자신들의 역량을 과신하고 방심했다.

경고를 받은 뒤로도 장시간 아무런 조짐도 없었던 데다, 그저 몬스터가 사냥터에서 사라진 것 말고는 너무도 평화로운 시간이 길어지다 보니 너무 긴장이 풀어진 것이다.

경계를 서야 할 헌터들은 서로 잡담을 하면서 시간을 때웠고, 그것도 모자라 일부 헌터들은 경계를 그만두고 잠을 청하기도 했다.

그렇게 방심하고 있을 때, 수십 만의 몬스터 대군이 쳐들어왔다.

그 결과는 보지 않아도 빤한 결과로 나타났다. 중국의 헌터들은 방심의 대가를 톡톡히 치르게 되었다.

중국의 건축물답게 거대한 위용을 자랑하던 비룡성과 두 개의 다른 성들은 방벽이 무너졌다. 몬스터 웨이브를 막기 위해 각 성에 남아 있던 헌터들 가운데서도 엄청난 사상자가 발생했다.

그뿐만이 아니었다. 중국 쉘터들을 파괴한 몬스터는 그에 그치지 않고 게이트를 통해 중국 본토로 넘어오고 있었다.

몬스터 웨이브가 발생할 주기가 길었던 만큼 이전에 비해 훨씬 많은 숫자의 몬스터가 출연하였다.

그렇다 보니 피해는 더 커질 수밖에 없었다.

"막아! 더 이상 들어가지 못하게 막으란 말이다!"

비룡성의 경비를 맡고 있던 천지방의 저운발은 쉘터를 넘어 게이트를 향해 돌진하는 몬스터들을 향해 필사적으로 칼을 휘두르면서 계속해서 고함을 질렀다.

"막아라!"

"몬스터가 게이트로 넘어가면 안 된다!"

쉘터에 있던 헌터들은 어떻게든 몬스터들이 게이트를 넘어가는 것만은 막기 위해 최선을 다했다.

그러나 방심하던 사이 몬스터 웨이브에 맞닥뜨린 그들은 제대로 된 방벽도 없었고, 대형조차 제대로 짜지 못한 상태였다.

히릴 프론티어

헌터들은 전력을 다하지도 못한 채 밀려오는 몬스터들에 속수무책으로 당하고 있을 뿐이었다.

쾅!

자신의 앞을 가로막는 몬스터를 향해 들고 있던 대검을 휘두르던 저윤발은 문득 커다란 굉음이 울리는 곳으로 자신도 모르게 시선을 던졌다.

눈앞에 몬스터가 있는 상황에서 한눈을 파는 것은 절대로 해서는 안 되는 초보적인 실수였지만, 귓가에 들려온 굉음은 너무도 컸고, 바로 근처에서 나고 있었던 것이다.

본능적으로 고개를 돌린 저윤발의 눈에 들어온 것은 너무도 놀라운 광경이었다.

"헉!"

경악에 찬 신음을 내뱉던 저윤발은 가까스로 제정신을 차리고 눈앞에 있던 몬스터를 처리한 뒤, 밀려오는 몬스터를 향해 기계적으로 휘두르던 대검을 멈추고 그 상황을 멍하니 바라보았다.

휘이익!

"크아악!"

쾅! 쾅!

거대한 아머드 기어.

아니, 아머드 기어라 하기에는 너무도 아름답고 강인한

모습을 한 무언가가 몬스터들을 모두 쓸어버리고 있었다.

거대 방파만이 보유하고 있는 아머드 기어는 그도 본 적이 있지만, 지금 그의 눈앞에 보이는 것은 그가 알고 있는 아머드 기어와는 너무도 달랐다.

우선 그 크기부터 배는 더 거대한 크기였다.

중(重)형 몬스터인 오거를 능가하는 커다란 크기에 주변을 압도하는 위압감을 가지고 있었다.

또 들고 있는 커다란 칼은 아머드 기어용 대검보다 훨씬 크고, 언뜻 보기에도 완벽한 균형을 갖춘 아름다운 디자인이었다.

움직임은 또 어떤가? 아머드 기어처럼 투박하고 단조로운 움직임이 아니라 마치 무술가가 검을 들고 휘두르는 듯 전혀 위화감이 없었다.

마치 하나의 유기체처럼 자연스러운 모습이었다.

그렇게 휘둘러진 검에 의해 몬스터는 힘도 쓰지 못하고 바닥에 쓰러졌다.

쾅! 쾅!

"와! 와아!"

거대한 강철로 된 무사가 검을 휘두를 때마다 몬스터가 하나둘 쓰러지는 광경에 비룡성에 있던 헌터들은 환호성을 터뜨렸다.

"구원군이 왔다! 모두 몬스터를 성 밖으로 밀어내라!"

헌터들의 환호성에 정신을 차린 저윤발이 큰 소리로 고함을 질렀다.

주변에 암울한 표정으로 몬스터를 상대하던 헌터들도 저윤발의 고함을 들은 것인지, 아니면 강철의 무사가 압도적인 위용을 보이며 몬스터를 학살하는 모습에 힘을 얻은 것인지 함성을 지르며 몬스터를 상대하였다.

"와!"

"몬스터를 죽여라!"

쾅! 쾅!

"크아악!"

시간이 갈수록 헌터와 몬스터의 전투는 더욱 치열해져만 갔다.

[뭘 하고 있는 건가? 내가 더욱 날뛸 수 있게 더욱 많은 마력을 보내라.]

주우위는 자신의 머릿속을 울리는 소리에 인상을 찌푸렸다.

중국 최고의 헌터 문파인 구룡문의 문주이며, 얼마 전 3급의 헌터에 오른 그이지만 타이탄이라 불리는 이 강철 거인의 에고는 통제가 불가능했다.

'젠장! 내가… 천하의 주우위가 인공지능 하나 통제하지 못하고 휘둘리고 있다니…….'

그는 몬스터 떼가 비룡성을 공격한다는 소식을 듣고 급히 출동하였다.

몬스터가 게이트를 넘어온 것을 확인하고 왔기에 어느 정도 짐작은 했지만, 비룡성이 이렇게까지 망가졌을 것이라고는 생각하지 못했다.

게이트를 넘자마자 보이는 까마득한 몬스터 무리의 모습에 주우위는 다른 생각을 할 겨를도 없이 몬스터를 향해 칼을 휘둘러야 했다.

그런데 전투를 시작한 지 얼마 되지 않아, 주우위는 뭔가 잘못되었다는 생각이 들었다.

그동안 잠잠하던 타이탄의 에고가 이상 반응을 보이기 시작한 것이다.

평소에도 가끔 피곤할 때면 이런 조짐이 보이긴 했지만, 지금은 그렇게 피곤한 상태도 아닌데 타이탄이 자신의 통제를 벗어나기 시작한 것이다.

마치 뭔가에 흥분한 인간처럼 타이탄의 에고는 몬스터에게 강렬한 적대 반응을 보이며 자신에게 이것저것을 요구했다.

얘기를 들어보면 대략 몸에 축적한 기를 더 보내라는 것으로 판단되지만… 주우위로서는 어떻게 해야 그럴 수 있는지 알 수가 없었다. 그는 그저 조종석의 손잡이에 붙어 있는 수정에 양손을 대고 집중을 하는 것 외에는 할 일이 없었다.

주우위는 문득 처음 타이탄의 에고와 만난 때가 어렴풋이 떠오르기 시작했다.

✝   ✝   ✝

사천성 청두시 구룡문.

넓은 광장. 광활한 공터였지만 그곳에는 아무도 없었다. 오직 단 한 사람만이 그 넓은 공간에 홀로 존재하고 있었다.

휘익! 휙! 휙!

그는 커다란 대도를 들고 형식에 따라 상하좌우, 때로는 대도의 특성에 맞지 않게 찌르기도 하며 연무를 하고 있었다.

원래 도(刀)라는 물건이 찌르기보단 베기에 특화된 무기다.

대도는 도신이 넓은 칼이기에 베기에는 유용하지만 찌르기는 아주 좋지 못한 무기였는데, 그는 그런 것에 구애받지 않았다. 형식에 치우치지 않은 그의 움직임은 어떤 리듬에 맞게 춤을 추는 것처럼 보이기도 했다.

휘익! 휙! 휙!

"후우! 후!"

그는 대도를 휘두르며 들숨과 날숨을 움직임에 맞게 조절했다.

그렇게 한참을 허공을 휘두르던 대도는 점점 속도가 떨어졌고, 급기야 그의 정면을 향해 곧게 세워진 채 멈췄다.

"후우⋯⋯!"

멈춰 선 채 숨을 크게 내쉰 주우위는 들고 있던 대도를 내렸다.

그가 연무를 멈추자 한쪽에 대기하고 있던 비서가 수건과 물컵이 담긴 쟁반을 들고 그의 곁으로 다가왔다.

"문주님."

"음⋯⋯."

자신을 부르는 소리에 아무런 대답도 하지 않고 그는 조용히 쟁반 위에 놓인 수건을 들어 연무 중 흘린 땀을 닦았다.

땀을 모두 닦은 그는 수건을 다시 쟁반에 내려놓고 컵을 들어 물을 마셨다.

"하!"

연무하며 땀을 흘리고 난 후 마시는 차가운 물은 그 어떤 음료보다 갈증을 해소해 주었다.

"도착했나?"

밑도 끝도 없는 질문이었지만, 쟁반을 들고 있던 비서가 차분히 대답하였다.

"조금 전, 시내로 들어왔다는 연락을 받았습니다."

"그래? 그 타이탄이란 것을 어서 빨리 보고 싶군."

중국 최대 문파인 구룡문의 문주인 주우위는 온전한 형태로 발굴된 타이탄이 자신의 문파에 전해지는 것에 기분이 좋았다.

중국 정부는 괴수 공업 총공사를 통해 한국에서 발굴된 온전한 형태의 타이탄을 비밀리에 구입하였다.

하지만 그것의 운용을 어떻게 해야 할지에 대해서는 고민이 많았다.

일단 타이탄이 아머드 기어와 같은 대 몬스터 병기란 것은 그동안의 연구를 통해 이미 알려져 있는 바였다.

하지만 어떻게 운용을 하는 것인지는 아직까지 밝혀진 것이 없었다.

그도 그럴 것이, 그동안 발견된 타이탄은 온전한 형태의 것이 아니라 모두 파괴되어 있었거나, 일부만 남아 있었기 때문이다.

그렇다 보니 아직까지 타이탄은 알아낸 것보다 모르는 사실이 더욱 많았다.

다만 미국을 통해 알려진 것은 인간이 탑승하여 운용한다는 것이었다.

그런데 아무리 연구를 해도 어떻게 탑승을 하는지 알아낼 수가 없어, 중국 정부는 결국 타이탄을 헌터들이 있는 문파에 전달하기로 결정했다.

이것이 또 다른 문제가 되었다.

중국에는 헌터 문파들이 아주 많았고, 뛰어난 헌터들도 많았다.

그중 어느 문파에 타이탄을 보낼 것인지 정부에서도 논쟁이 벌어졌던 것이다.

중국 내 거대 문파들은 모두 타이탄을 습득하기 위해 자신들의 역량을 동원해 정부에 로비를 하기 시작했다.

최고 문파인 구룡문도 당연히 이런 경쟁에 뛰어들었다.

결국 이 최후의 승자는 구룡문이 되어, 구룡문은 타이탄을 가장 먼저 운용하는 문파가 되었다.

일정 기간 동안 구룡문에서 타이탄에 대한 연구를 하고 나면 다른 문파에 운용권이 넘어간다는 협의가 있었으나,

이 결정으로 구룡문에서 다른 문파와의 경쟁에서 우위를 차지한 것은 사실이다.

그리고 오늘, 그 말 많은 타이탄이 구룡문으로 오는 것이다.

사실 구룡문의 문주인 주우위는 타이탄이 구룡문으로 온다는 것보단 경쟁 관계에 있는 창천문과의 경쟁에서 우위를 점했다는 것만으로도 이득이라고 생각했다.

빵빵!

저 멀리서 커다란 경적 소리가 들려왔다.

"도착한 것 같습니다."

"그래? 어서 가보지."

주우위는 뭐가 그리 좋은지 흥분한 목소리로 앞장서서 걸었다. 그런 주우위의 뒤로 비서가 조용히 뒤를 따랐다.

이윽고 몇 개의 문을 지나 정문을 나서자, 커다란 컨테이너 트럭이 보였다.

주우위는 컨테이너 트럭 쪽으로 가까이 다가갔다.

작업복을 입고 모자를 쓴 트럭 운전수가 구룡문의 직원과 이야기를 하고 있었다.

"열어라!"

주우위가 소리치자 트럭 운전수가 얼른 트럭 뒤로 달려가 컨테이너를 열었다.

끼기긱! 끼기긱!

주우위는 물론, 타이탄이 도착했다는 소식에 구경을 나온 구룡문의 헌터들도 그 모습을 주시했다.

쿠구궁!

삐걱거리는 쇳소리가 들리고, 마침내 컨테이너의 문이 열렸다.

"아!"

컨테이너 안을 들여다본 구룡문 사람들은 모두 감탄을 금치 못했다.

타이탄의 모습은 미처 상상하지 못한, 그 무엇과도 비교할 수 없는 느낌을 발산하였다.

우웅! 우웅!

그런데 갑자기 타이탄이 있는 쪽에서 작은 진동음이 들리기 시작했다.

소리를 들은 주우위는 고개를 갸웃거리며 주변을 둘러보았다.

다른 구룡문 문도들은 그 소리를 듣지 못한 듯, 타이탄의 모습을 바라보며 저마다 이야기를 나누느라 바빴다.

웅! 웅!

한 번 소리를 눈치채자, 진동음은 더욱 크게 들려오는 듯했다.

"윽!"

주우위는 갑자기 밀려드는 두통에 잠시 한 손으로 머리를 짚었다.

"문주님!"

뒤에 있던 비서가 얼른 주우위에게 다가갔다.

주우위는 다가오는 비서에게 손을 내밀어 다가오지 못하게 하였다. 비서는 다가가던 걸음을 멈춘 채 주우위 곁에서 발만 동동 굴렀다.

주우위는 고통스러운 얼굴로도 귓가에서 들려오는 듯한 진동음과 두통에 집중했다.

'뭐지?'

찌르는 듯한 강렬한 통증과 함께 머릿속에서 낯선 무언가가 접근하는 듯한 느낌을 받은 것이다.

[네… 는가.]

'응?'

주우위는 흠칫 놀라 고개를 들었다.

머릿속에서 누군가 말을 걸고 있었다.

우웅!

[난 카토다. 새로운 마스터를 찾고 있다.]

'헉!'

주우위는 생생히 머릿속에 울리는 목소리에 깜짝 놀라 눈을 크게 떴다.

조금 전까지만 해도 깨진 듯한 소리라 제대로 알아들을 수 없었는데, 지금은 아주 정확한 말소리가 들려온 것이다.

'도대체 넌 뭐지?'

주우위는 머릿속을 울리는 소리에 자신도 모르게 그렇게 속으로 중얼거렸다.

그러자 머릿속의 목소리가 주우위의 마음의 소리를 들은 것처럼 대답했다.

[난 카토다. 넌 나의 새로운 마스터가 될 자격을 갖추고 있다. 다시 한 번 묻겠다. 나의 마스터가 되겠는가?]

이제는 조금 전보다 더욱 확실하게 들려오고 있었다.

주우위는 지금 머릿속에서 울리는 목소리의 주인이 눈앞에 있는 타이탄임을 눈치챘다. 주우위는 타이탄을 주시하며 조금 전 그랬던 것처럼 속으로 말을 걸었다.

'지금 나에게 말을 건 것이 너냐?'

[그렇다. 나의 이름은 카토. 새로운 마스터를 찾아 맹약을 맺고자 하고 있다. 나의 새로운 마스터가 될 것인가?]

'마스터란 것이 뭐지?'

[마스터는 나의 몸에 탑승을 하여 운용을 하는 존재를 말한다.]

'그럼 너의 주인이란 말인가?'

[주인이라… 네 능력으로 날 통제할 수 있다고 보는가?]

"음……."

타이탄이 전하는 느낌에 주우위는 작게 신음을 흘렸다.

자신을 카토라 칭하는 저 타이탄이 하는 말을 들어보면, 지구상에 몇 없는 최상위 헌터인 자신을 무시하는 듯한 말투였다.

더욱이 계약을 할 수 있는 자격을 갖췄다고 하는 걸 보니 최소 4급의 헌터가 되어야만 타이탄과 마스터가 되는 계약을 할 수 있는 것으로 보였다.

'너와 계약하겠다.'

주우위는 일단 타이탄과 계약을 하기로 하였다.

어떤 위험이 있을지 알 수 없지만 일단 최초의 타이탄을 소유한다는 것만으로도 자신에게는 이득이라고 판단한 것이다.

[나 카토는… 가만, 네 이름이 무엇인가?]

"내 이름은 주우위다. 구룡문의 문주, 주우위!"

조금 전까지만 해도 속으로 대화를 하던 주우위는 저도 모르게 육성으로 자신의 이름을 큰 소리로 외치고 말았다.

"뭐지……?"

"문주님, 누구에게 하시는 말씀입니까?"

타이탄을 구경하느라 여념이 없던 문도들이 주우위의 갑

작스러운 외침에 놀라 그를 빤히 바라보았다.

하지만 주우위는 주변의 시선에도 아랑곳하지 않고 타이탄을 똑바로 바라보고 있을 뿐이었다.

[나, 카토는 맹약에 입각해 새로운 마스터로 주우위와 계약을 하려고 한다. 동의하는가?]

"동의한다."

주우위가 카토의 동의하냐는 질문에 대답하기 무섭게 카토의 몸에서 밝은 빛이 번쩍이기 시작했다.

물론 광원에 의한 빛이 아니라, 맹약에 의해 유동한 마나가 폭발하며 생긴 빛이기 때문에 타이탄의 마스터인 주우위 외 다른 사람들에게는 보이지 않았다.

주변에 있던 문도들은 아직도 어리둥절한 표정을 짓고 있었다.

[맹약은 성립되었다. 이 맹약은 나의 에고가 사라지거나 네가 죽을 때, 그리고 네가 나와의 맹약을 포기하기 전까지 계속 유지될 것이다.]

카토의 말을 들은 주우위는 밝은 표정으로 고개를 끄덕였다. 그가 타이탄의 소유주가 된 것이다.

타이탄은 몬스터를 잡기 위해 만들어진 탑승형 병기, 하지만 어떻게 해서 조종하는 것인지, 어떤 방식으로 움직이는 건지는 아직 아무도 모른다.

마스터가 되었다고는 하지만 아직 아무런 지식이 없는 주우위가 카토에게 물었다.

'그럼… 이제 어떻게 하면 되는 거지?'

[나와 하나가 되기를 원한다면 '인(In)'이라고 외쳐라. 그러면 자동으로 이루어질 것이다.]

'하나가 된다는 게 무슨 말인가?'

주우위가 묻자, 카토가 귀찮아하는 기색도 없이 차분히 설명했다.

[내 몸 안으로 네가 들어오는 것을 말한다. 나와 같은 기간트는 마스터가 탑승해서 마력을 공급해 줘야만 자유로운 활동이 가능하다.]

카토의 말을 들은 주우위가 고개를 갸웃거렸다.

'기간트? 기간트가 뭐지? 넌 타이탄이 아닌가?'

[기간트란 나와 같은 존재를 말한다. 마법사들이 몬스터를 상대하기 위해 개발한 마법 병기다. 그 타이탄이란 것은 뭐지? 넌 무엇 때문에 날 타이탄이라 부르는 것인가?]

그러자 카토도 의아하다는 듯 말했다.

'타이탄이란 우리가 너와 같은 존재를 부르는 명칭이다.'

[그렇군. 기간트는 거인을 뜻하는 단어인데, 네가 말한 타이탄이란 단어 또한 그와 유래가 같은 다른 말인 것 같다. 타이탄이라는 말 역시 나와 같은 존재를 정의하기에 적

절하다고 할 수 있다. 그렇다면 나도 앞으로 스스로를 타이탄이라 부르겠다. 그것이 너와 나의 결속을 더욱 굳건히 할 것 같으니……]

골렘의 맹약을 맺은 뒤부터 대화가 조금 전보다 원활하게 이루어졌다.

그저 의사소통만 되는 것이 아닌, 주우위가 생각하고 있는 의미 자체가 카토에게 전달되고 있다는 느낌을 주었다. 대화라기보다는 교감에 가까운 것이었다.

'조금 전에 탑승하려면 인, 이라고 하라고 했지?'

주우위는 고개를 끄덕이곤 큰 소리로 외쳤다.

"인!"

주우위를 바라보고 있던 구룡문 문도들이 흠칫 놀라 주춤거렸다.

주우위가 갑자기 '인'이라고 외치기가 무섭게, 트레일러에 있던 타이탄의 가슴 부위에서 밝은 빛이 쏟아졌기 때문이었다.

번쩍!

그리고 동시에 주우위의 모습이 사라졌다.

주위에 있던 사람들은 모두 어리둥절하여 외쳤다.

"깜짝이야……. 그 빛은 뭐였지?"

"문주님이 없어지셨다!"

"어디 가셨지?"

그들이 우왕좌왕하고 있던 그때, 삐걱이는 소리를 내며 트레일러에 있던 타이탄이 몸을 일으켰다.

위잉!

쿠궁!

척!

"헉! 타이탄이!"

놀란 사람들이 입을 벌린 채 타이탄 쪽을 손가락질했다.

한편, 사라진 주우위는 마치 어딘가에 구속된 것만 같은 갑갑한 공간으로 갑자기 이동되어 당황하고 있었다.

"뭐지? 이게 어떻게 된 거야?"

그때, 머릿속에서 카토의 목소리가 들려왔다.

[두려워하지 마라. 그저 내 몸에 탑승한 것뿐이다.]

카토는 당황해하는 주우위의 내심을 읽고 차분한 목소리로 그를 안심시켰다.

주우위 역시 카토의 감정을 느끼고 혼란스러운 마음을 가라앉혔다.

어차피 방금 전 맹약을 해놓고 죽으려 들지는 않을 것이란 생각에 그는 안심하고 잠시 사태를 주시하기로 결정했다.

"널 움직이게 하려면 어떻게 해야 하지?"

어둑한 공간 안을 살펴보던 주우위가 문득 물었다.

탑승만 한다고 해서 제대로 움직일 수는 없으니 당연한 일이었다.

[양손에 느껴지는 수정에 마력을 불어넣어라.]

"양손에 수정……. 이건가?"

주우위는 손 밑에 있는 매끄러운 구슬을 만져 보았다.

[그리고 어떤 식으로 움직일 것인지를 강하게 연상하면 된다.]

"생각만 하면 된다고? 간단하군. 그렇게만 하면 되는 것인가?"

주우위는 생각보다 타이탄을 움직이는 방법이 간단하다고 느꼈다.

그러자 카토가 말했다.

[처음이라 쉽지 않을 것이다.]

"글쎄, 그냥 기를 불어넣기만 하는 거라면 별로 어려울 거 같진 않은데."

주우이는 카토의 경고를 간단하게 일축하고 알려준 대로 양손에 기를 보낸다는 느낌으로 손바닥에 느껴지는 수정에 정신을 집중했다.

"응?"

그런데 분명 뭔가 손바닥에서 기가 빠져나가는 느낌은 들었는데, 정작 타이탄은 움직이지 않았다.

"어떻게 된 거지? 왜 움직이지 않지?"

주우위는 들었던 말과 다르게 타이탄이 전혀 움직이지 않자 이상하다는 듯 말했다.

하지만 타이탄이 움직이지 않은 것은 전적으로 주우위의 잘못이었다.

구슬에 기를 불어 넣기는 했지만 어떻게 움직일지 생각을 하지 않은 것이다.

[내가 말하지 않았나. 어떻게 움직일지도 생각을 하라고.]

"아……."

그제야 주우위는 다시 한 번 수정에 기를 불어 넣으며 타이탄이 움직이는 모습을 떠올리려고 노력했다.

하지만 그 일은 결코 쉽지 않았다.

아무리 주우위가 중국 최고의 헌터 문파인 구룡문의 문주라고는 해도, 10m나 되는 거대한 타이탄을 제 몸처럼 움직이는 것은 실력에 관계없이 금방 할 수 있는 일이 아니었다.

수정에 기를 불어 넣는 동시에 타이탄을 어떻게 움직일지 생각해야 하는 것이다.

자신의 신체를 움직이는 것이야 문제가 없지만, 타이탄을 신체의 일부처럼 느끼기는 결코 쉽지 않았던 것이다.

주우위가 타이탄을 제 몸처럼 생각하고 에고인 카토와 교감하기 위해서는 좀 더 연습할 시간이 필요했다.

[일단 일어나는 것은 내가 하겠다. 넌 그저 컨트롤러에 마력을 불어넣기만 해라.]

아무런 움직임도 보이지 못하는 주우위가 답답했는지, 카토가 말했다.

주우위는 그런 카토의 말에 조용히 기를 손바닥으로 집중해 구슬에 불어 넣었다.

우웅!

기가 구슬 속으로 빨려 들어가자, 주우위가 있던 어둑한 공간이 갑자기 밝아졌다.

'어?'

그리고 마치 타이탄에 탑승하기 전처럼 주변의 모습이 생생하게 보이기 시작했다.

단지 그 모습이 사뭇 낯설게 느껴졌다.

이는 주우위가 아닌 타이탄의 시점에서 바라보고 있기 때문이었다. 타이탄의 눈으로 바라본 주변 풍경은 탑승 전에 비해 아주 작아진 듯 보였다.

주변에 있던 문도들이나 타이탄을 끌고 왔던 트레일러, 그리고 거대한 구룡문의 정문까지 마치 미니어처처럼 작게 보였던 것이다.

"어어?! 타이탄이 움직인다!"

놀라워하고 있던 주우위의 귓가에 익숙한 목소리가 들려왔다.

목소리가 들린 곳으로 고개를 돌려보니 저 밑에 무척이나 작아진 문도들의 모습이 보였다.

사람들은 모두 갑자기 몸을 일으킨 타이탄을 보며 어리둥절해하고 있었다.

"이게 어떻게 된 거지?"

자신도 모르게 작게 중얼거리는 주우위의 목소리에 카토가 대신 대답해 주었다.

[넌 지금 나와 시선을 공유하고 있다. 그렇기 때문에 감각이 조금 바뀌어 있을 것이다. 그리고 이 또한 네가 적응해야 할 일이다.]

'음… 쉽지 않겠구나.'

주우위는 카토의 말에 속으로 가볍게 한숨을 내쉬었다.

타이탄을 운용하는 것이 결코 쉽지 않을 것 같았다. 타이탄은 아머드 기어와 운용법이 전혀 달랐다.

이제 막 타이탄을 움직여 보았을 뿐이기 때문에 아머드 기어와 비교해 어느 것이 더 좋다고 섣불리 판단할 수는 없었다.

인공지능이나 눈에 띄게 알 수 있는 성능 차이를 고려해도 타이탄 쪽이 아머드 기어보다 월등할 것이라는 건 짐작할 수 있었다.

하지만 운용 방식이 너무 생소하고, 비교할 수 있는 다른 대상이 현재까지 없다보니 익숙해지는 데 상당한 시간이 걸릴 듯했다.

[주우위.]

"왜 그러는 거지?"

[네게 당부할 말이 있다.]

"그게 뭐지?"

[지금 이 세상에 나와 같은 타이탄이 얼마나 있는지는 모르겠지만… 전에 나와 함께 있던 타이탄 마스터보단 강력하길 바란다.]

"응?"

[내가 인식하고 있는 마지막 기억으로는 내가 있던 곳에 나와 같은 타이탄이 2기가 더 있었다. 그런데 둘 다 전쟁에 나가 돌아오지 못했다.]

카토는 조금 쓸쓸한 듯한 어조로 자신이 있던 성이 화산 폭발로 뒤덮이기 전에 있던 상황을 주우위에게 들려주었다.

카토의 전 마스터는 영지의 기사단장이었다.

다른 2기의 마스터는 각각 부기사단장과 영주의 아들이

었는데, 카토 자신은 기사단장의 전용기로서 상당한 프라이드를 갖고 있었다.

[그러니 넌 나의 마스터로서 나의 자부심에 어긋나지 않게 실력을 키워야만 한다.]

"그런 거라면 걱정하지 마라. 난 이 세계의 헌터들 중에서 가장 강한 헌터 중 한 명이다."

공식적으로 알려진 헌터 중 가장 강한 5인 중 한 명이 자신이었다.

주우위 스스로는 그중에서도 자신이 가장 강할 것이라고 자부하고 있기도 했다.

하지만 그런 자부심은 뒤이어 들린 카토의 말에 여지없이 부서졌다.

[겨우 너 정도가 강하다니, 지금의 세계는 어떻게 지금까지 몬스터에게서 살아남을 수 있던 것이지? 알 수가 없군.]

"그런……."

카토의 기준에서 새로운 마스터가 된 주우위는 그리 눈에 차지 않았다.

그의 인식 범위에 있는 존재 중에는 맹약을 맺을 수 있는 개체가 주우위 말고도 몇 있었다. 다만 그중에서 가장 강한 자가 바로 주우위였기 때문에 그와 계약한 것이다.

만약 주변에 주우위보다 더 강한 사람이 있었다면 말을

걸지 않았을 것이다.

마스터의 부재로 깊은 잠에 빠져들기 전, 그의 마스터였던 영지의 기사단장은 익스퍼트 상급의 기사였다.

지금의 헌터 등급으로 치면 2급 정도의 경지에 해당하는 실력이었다.

물론 정확한 비교는 아니었다. 생존을 위해 움직이는 헌터들과 개인의 실력 향상을 위해 수련하는 기사들의 무위는 분명 비슷한 점이 없는 건 아니나 엄연히 다르기 때문이다.

그럼에도 카토가 주우위와 맹약을 맺은 것은 수련을 거치면서 자연스럽게 몸속에 쌓인 마나 때문이었다.

[너는 이제 겨우 맹약을 맺을 수 있는 최소한의 조건을 갖췄을 뿐이다. 솔직히 너 정도의 마력을 보유한 자가 나와 같은 워리어급의 기간트… 아니, 타이탄과 맹약을 맺는다는 것은 이전에는 있을 수 없는 일이다. 경험이 전혀 없는 새로 탄생한 타이탄이라면 모를까.]

"그럼… 타이탄과 맹약을 맺는 데에는 어떤 기준이 있다는 말인가?"

[물론이다. 탄생한 지 오래되어 많은 경험을 쌓은 나와 같은 타이탄의 경우 처음에 비해 마스터를 구하는 조건이 까다로워진다.]

카토는 타이탄의 맹약에 대해 자세히 들려주었다.

그러면서 자신이 그와 맹약을 맺은 것이 얼마나 자존심을 죽이고 맹약을 맺은 것인지를 강조했다.

카토가 들려주는 이야기를 듣던 주우위는 애써 아무렇지도 않은 척하긴 했지만, 속으로 상당히 자괴감에 빠져야 했다.

겨우 물건이나 다름없는 타이탄에게 이렇게까지 무시를 받을 줄은 몰랐다.

전 세계를 따져 봐도 자신과 같은 등급에 있는 헌터는 손에 꼽을 정도로 적었다.

그런데 카토는 그러한 자신의 경지를 비웃고 있었다.

그렇다고 아니라고 반박할 수도 없는 것이, 카토가 자신의 실력을 바로 이전 마스터와 비교하고 있었기 때문이었다.

하지만 한편으로는 그렇게 대단한 경지에 들었던 이들이 많았음에도 몬스터와의 전쟁에서 패해 뉴 어스인들이 멸망했다고 생각하면 눈앞이 깜깜해지기도 했다.

'뉴 어스에는 우리가 모르는 비밀이 얼마나 더 있는 걸까?'

주우위는 그동안 4급 헌터로서 대단한 자부심을 가지고 있었다.

그가 바로 검기를 발현한 최초의 헌터였고, 세상은 경악과 함께 그의 실력에 찬탄을 아끼지 않았다.

지금이야 자신처럼 검기를 발현할 수 있는 헌터가 몇 나오기는 했지만 최초로 그 경지를 개척했다는 자부심은 항상 가지고 있었다.

그런데 타이탄 카토는 그런 검기를 만들어낼 수 있어야 겨우 타이탄과 맹약을 맺을 수 있다는 것이었다.

뿐만 아니라 지금 자신이 축적하고 있는 수준의 기라면 타이탄 중 가장 하급인 솔저급 타이탄이나 계약할 수 있는 정도라는 것이다.

"음… 그래. 하지만 걱정하지 마라. 네 마스터가 된 나는 가장 높은 실력을 가진 헌터다. 너와 함께 있던 타이탄들의 마스터가 누가 될지는 모르겠지만 그들도 나와 비슷한 경지일 것이고, 나와 비슷한 이들 중 나를 능가하는 헌터는 없다."

[그래, 널 믿겠다.]

주우위는 침울해진 마음을 다스리며 카토에게 호언장담했다.

헌터의 수준이 가장 높은 중국. 그중에서도 최고의 문파인 구룡문의 문주가 바로 자신이다.

거기다 다른 헌터들이 아머드 기어를 이용한 것과는 달리, 자신은 오직 검 한 자루만 가지고 지금의 경지를 이룩한 명실상부한 최강의 헌터다.

그는 앞으로의 일에 대해서도 그리 걱정하지 않았다. 자신과 경쟁할 수 있는 헌터는 손에 꼽을 것이고, 카토와 같은 타이탄의 마스터가 될 헌터도 두 명뿐이다.

온전한 형태로 발굴된 타이탄은 현재까지 카토를 비롯하여 한국이 발굴한 세 기의 타이탄이 전부다.

그조차 미국과 일본에 각각 넘어갔다.

일본에는 아직 4급의 헌터는 없었다.

물론 4급에 육박한 헌터들이 있었지만, 아직 자신의 경지와는 거리가 먼 5급 헌터들일 뿐이다.

타이탄과 맹약을 맺을 수 있는 최소한의 조건을 갖추지 못한 그들은 타이탄을 갖고 있다고 있음에도 아직 아무도 맹약을 맺지 못할 것이다.

다만 미국의 헌터는 조금 경계를 해야 한다.

미국 최강의 헌터는 자신과 같은 4급 헌터였다.

미국은 가장 먼저 게이트가 발생한 곳이고, 몬스터 산업의 최고봉으로 손꼽히는 곳이다.

뉴 어스에서도 운용이 가능한 파워 슈트를 개발한 것은 물론이고, 기계류가 작동을 하지 않는 뉴 어스에서도 움직일 수 있는 대 몬스터 병기인 아머드 기어를 개발한 곳이 바로 미국이었다.

그 외에도 어떤 공개하지 않은 비밀들이 있을지 알 수 없었다.

미국은 가장 많은 던전을 발굴한 중국보다 더 많은 뉴 어스의 비밀을 알아냈고, 그것을 활용해 최첨단 병기를 만들어내고 있었다.

타이탄의 연구도 마찬가지였다. 파손된 형태의 일부는 그전에도 꾸준히 발굴되어 왔고, 미국은 그것을 연구해 아머드 기어를 만들어낸 것이다.

타이탄에 대해 중국이 알지 못하는 여러 사실들을 이미 이해하고 있을 거라고 주우위는 생각했다.

그런 미국 정부가 타이탄과 계약할 4급 헌터를 지원한다면, 타이탄에 대한 이해도에서 그들에게 밀리게 될 것이다. 그렇게 되면 상황이 어떻게 바뀔지 미지수였다.

'미국의 상황이 어떤지 주시하라고 말해둬야겠군.'

주우위는 조용히 앞으로의 계획을 짜기 위해 생각에 잠겼다.

쿵! 쿵!

붉은 도색을 한 거대한 타이탄이 비룡성의 방벽을 넘어

시설들을 마구 파괴하고 있는 몬스터 속에서 홀로 고군분투하였다.

마치 수많은 닭들 속에 홀로 고고한 학처럼… 아니, 수없이 달려드는 들개 무리 속에서 홀로 맞서 싸우는 백수의 왕 사자처럼, 감히 인간의 터전을 침범한 것을 심판이라도 하듯 달려드는 몬스터들에게 죽음의 철퇴를 내리고 있었다.

하지만 끝도 없이 몰려드는 몬스터 앞에 타이탄 카토는 점점 처음의 모습을 잃어가기 시작했다.

[미치겠군.]

카토가 씁쓸하게 중얼거렸다.

아무리 타이탄이 대단한 병기라도 그 한계는 명확했다.

타이탄이 탑승형 병기인 이상, 지치지 않고 계속해서 싸울 수 있는 타이탄에 비해 탑승자인 인간은 언젠가 지칠 수밖에 없다.

만약 타이탄에 탑승한 마스터가 타이탄의 인공지능, 즉 에고를 완전히 통제하고 있다면 결과가 다를 수도 있겠으나, 현재 카토의 상태는 그렇지 못했다.

카토의 마스터인 주우위는 아직 그 정도로 타이탄과 일체화되지 못했다. 그의 위치는 지금 그저 카토가 움직일 수 있게 마력을 공급을 해주는 연료 통이나 마찬가지였다.

원래 카토는 이렇게 다루기 어려운 타이탄이 아니었다.

오히려 연습을 할 때나 헌팅 때는 상당히 협조적이었다.

비록 기준에 비해 조금 부족한 마스터지만 주우위는 맹약을 맺은 뒤로 늘 열심히 수련했다. 발전하는 모습에 카토는 처음과는 달리 자신의 몸에 대한 통제권을 주우위에게 조금씩 넘겨주었다.

그런데 4차 몬스터 웨이브가 시작되고, 뒤늦게 비룡성이 위기에 처했다는 소식을 듣고 출동한 뒤 급격하게 전투에 참여하게 되었다.

한두 마리의 몬스터를 상대할 때는 괜찮았지만, 끝없이 몰려드는 몬스터들과 전투를 계속 하면서 주우위의 정신력이 점점 흐트러지기 시작했다.

파국은 그때부터 시작되었다. 카토의 에고를 통제하는 힘이 약해지자 점점 카토가 자신의 의지대로 행동하기 시작한 것이다.

비록 타이탄은 금속으로 이루어진 병기이지만 지적 사고를 하는 영혼, 즉 에고를 가지고 있는 존재다.

무기물이면서 생명을 가진 유기물이기도 한 것이다.

타이탄 또한 자신의 생명을 지키기 위한 최소한의 노력을 한다.

몬스터 웨이브로 비룡성에 난입한 몬스터는 대부분이 금속 생명체인 카토의 생명을 위협하지 못하는 소형 몬스터이지만, 간간이 카토의 생명을 위협할 만한 오거나 미노타우로스 같은 중형 몬스터도 존재했다.

워리어급 타이탄인 카토이지만 오거나 미노타우로스 같은 중(重)형 몬스터의 힘은 상상을 초월한다. 그들이 온 힘을 다해 휘두른 몽둥이를 마스터의 도움 없이 정통으로 받게 된다면 카토의 생명이 위험할 수도 있었다.

그런데 마스터인 주우위가 카토의 생명을 보호해 주기는커녕 장시간 지속되는 전투로 인해 정신을 잃기 직전이니, 카토로서는 생명의 위협을 받을 수밖에 없었다.

카토는 결국 스스로를 보호하기 위해 마스터인 주우위의 통제에서 벗어나 점점 더 직접 움직이기 시작했다.

[정신 차려라, 주우위. 여기서 정신을 잃으면 위험해진다.]

카토는 계속해서 주우위를 향해 외치면서 그를 독려하는 한편, 마력로에 공급되는 마력이 끊어지지 않게 유지시켰다.

타이탄은 기본적으로 마스터의 마력을 통해 움직이지만, 내부에 있는 마력로에는 자체적인 마력도 존재했다.

하지만 타이탄이 임의적으로 이 마력을 사용할 수는 없었다.

이는 타이탄과 계약을 한 마스터 또한 마찬가지였다.

마스터가 마력을 주입하면 마력로에서 그것을 증폭시킴으로써 적은 힘으로도 더 강력한 효과를 낼 수 있는 것이다.

타이탄 자체의 출력과 관계없이, 공급하는 마력의 양이 많아질수록 타이탄의 능력도 강해진다.

주우위 또한 3급 헌터가 되면서 축적한 마나의 양이 많아지는 것으로 카토로부터 인정받을 수 있었다.

기본적으로 워리어급 타이탄의 운용에 필요한 기준이 익스퍼트 중급 정도였다. 헌터 기준으로 3급 정도가 이 익스퍼트에 해당하기에 카토 또한 별다른 반항 없이 운용의 주도권을 넘겨주었던 것이다.

그러나 지금은 상황이 좀 달랐다.

카토는 자신과 연결된 주우위의 마력을 강제로 운용하여 전투를 힘겹게 이어가고 있었다.

이것은 마스터의 체력이 떨어졌거나 비상 사태가 벌어져 제대로 운용하지 못하는 상태가 되었을 때의 매뉴얼이었다.

하지만 이 방식에도 한계가 있었다.

마스터인 주우위가 완전히 정신을 잃게 된다면 에고인 카토로서도 더 이상 마스터의 마력을 임의로 움직일 수 없었다.

이는 귀중한 익스퍼트급 기사를 잃지 않으려는 왕국들이

타이탄의 에고에 새겨놓은 계약의 하나였다.

처음 타이탄이 개발되었을 때, 타이탄들은 위급한 상황에 처했을 때 마스터가 정신을 잃고 난 뒤에도 강제로 마력을 운용하여 움직이곤 했다.

때문에 전투가 끝난 이후에는 타이탄 운용에 모든 마력을 빼앗겨 거의 폐인이 되거나 생명을 잃는 일이 자주 있었다.

그러자 타이탄 운용을 기피하는 기사들마저 생겨났고, 위험한 타이탄과 계약을 맺도록 유도하는 왕국들에 대한 비판도 있었다.

각 왕국의 의뢰를 받은 마탑은 모든 타이탄들에게 생명체로서의 생존 본능을 심어준 것처럼, 타이탄과 계약을 한 마스터의 생명을 우선으로 지키게끔 에고를 개조했다.

그 뒤로 타이탄은 비상 기동 시 자신의 생명을 지키기 위해 마스터의 마력을 강제로 가져다 쓰면서도, 마스터가 전투를 감당하지 못하고 정신을 잃었을 경우에는 그것을 지속할 수 없게 되었다.

카토는 힘겨워 보이는 주우위의 모습을 보며 초조한 기색을 감추지 못했다.

억지로 전투를 계속하고는 있지만, 여러 명의 마스터를 거쳐 온 카토는 한계가 임박했음을 이미 알고 있었다.

[주우위!]

"……."

몸체로 달려드는 몬스터를 상대로 칼을 휘두르면서도 카토가 계속해서 이름을 불렀지만, 주우위는 제대로 대답하지도 못했다.

Chapter 5
한반도 수복과 개발

　전 세계를 발칵 뒤집어놓았던 4차 몬스터 웨이브가 끝이
났다.

　지난 3차 몬스터 웨이브로부터 상당한 시간이 흐른 뒤
벌어진 몬스터 웨이브였지만, 다행히 몬스터 웨이브의 조짐
에 대해 한국으로부터 전달받고 대비한 대부분의 나라는 큰
피해 없이 국토를 지켜낼 수 있었다.

　물론 이전 몬스터 웨이브 때처럼 피해를 본 국가들도 많
았다.

　국내에 다수의 게이트를 보유한 나라들은 대부분 게이트
로부터 얻은 마정석이나 각종 부산물, 던전에서 발굴한 아
티팩트 등을 통해 상당히 부유한 상태였다.

하지만 몬스터 웨이브가 닥치면 상황이 달라진다. 게이트를 통해 몬스터들이 나타나게 되니, 지켜야 할 범위가 넓어져 방어가 어려운 것이다.

그래도 이런 국가들 대부분은 많은 자본을 바탕으로 철저히 준비를 할 수 있었으니, 각국이 보유한 헌터 수에 따라 차이는 있었지만 안전할 수 있었다.

진짜로 피해를 본 곳은 경제적으로 빈곤한 국가들이었다.

경제적으로 근처에 있는 다른 강대국들에 예속되어 있는 것이나 마찬가지인 몇몇 국가들이 있었다.

이런 나라들은 자국의 게이트 관리를 주변 국에 위임하여 운용하고 있었다. 자국의 능력으로 게이트를 방어할 능력이 부족하기 때문이었다.

게이트 관리를 맡기는 대신 이곳의 헌터들은 자국에 있는 게이트임에도 불구하고 비싼 이용료를 내며 헌팅을 해야 했고, 결과적으로 벌어들일 수 있는 돈이 적다 보니 주변 국의 영향에서 벗어날 수 없는 악순환이 계속되었다.

약소국들의 헌터들은 대부분 저렴한 비용으로 주변 국가의 헌터 클랜들에 용역으로 들어가 외국 헌터들의 보조를 하는 것으로 근근히 생활을 이어나가고 있었다.

그러다 보니 헌터로서의 실력도 쉽게 늘지 않았고, 실력이 뛰어나지 않으니 자체적으로 헌팅을 하기도 어려웠다.

결국 약소국의 헌터들은 계속해서 외국 헌터들의 보조만 하다가 은퇴를 하는 상황이 반복되었다.

방어에 필요한 물자도 전적으로 부족하고, 실력 있는 헌터들도 없으니 몬스터 웨이브를 막아내지 못하는 것은 어찌 보면 당연한 일이었다.

원래대로라면 게이트 관리를 맡고 있는 주변 국에서 몬스터 웨이브 방어에 협력해 주는 것이 이치에 맞을 것이다.

하지만 약소국 주변의 강대국들은 자국에서 벌어질 몬스터 웨이브를 방어하는 것도 벅차다며 책임을 회피했고, 결국 약소국들은 부실한 방어 병력을 뚫고 게이트 너머로 도달한 몬스터들 앞에 속수무책으로 당할 수밖에 없었다.

그러면서도 희생당한 약소국 국민들은 주변 국의 행태만을 마냥 비난하지도 못했다.

그들에게 게이트 관리의 권한을 넘긴 것은 자국 정치인들의 결정이었고, 그 정치인들을 선출한 것은 바로 자신들이었기 때문이다.

"그런데 대체 중국의 상황은 어떻게 된 겁니까?"

"전해진 바가 없습니다. 중국 정부에서 고의적으로 사실을 감추고 있는 듯합니다."

각국에서는 헌터들을 다수 보유하고 있는 중국 정부의 태도를 이상하게 생각하고 있었다.

다들 몬스터 웨이브로 인한 피해를 집계하고 회복하는 데 여념이 없는데, 중국에서는 그런 언급이 일체 나오지 않았다.

다만 중국 최고의 헌터 문파인 구룡문을 대대적으로 선전하고 있을 뿐이었다.

구룡문의 문주인 주우위가 이정진에 이어 두 번째로 3급 라이선스를 획득했다는 것이다.

물론 이것은 대외적인 얘기일 뿐이었다.

사실 아케인 클랜에는 이정진 말고도 3급 라이선스를 획득한 이들이 몇 있었으나, 모두 헌터 등급을 공개하지 않고 있었던 것이다.

부클랜장인 이정진 또한 3급을 취득할 때만 공개를 했을 뿐, 2급 라이선스를 획득한 것은 1급이 되었을 때에야 공개하였다.

처음 이정진이 헌터 등급을 공개한 것은 강력한 헌터를 보유하고 있다는 사실이 공개되면 대한민국의 외교적인 입장이 유리해질 수 있다는 판단하에 정부와 헌터 협회가 정식으로 요청해 왔기 때문이었다.

그리고 세계 최초 3급 헌터가 나왔다는 정식 발표에 국제사회는 모두 긴장하며 대한민국을 지켜보았다.

이전에는 4급 헌터조차 없던 대한민국이 매직 웨폰과 포션 등을 생산하며 입지를 굳히더니, 당당한 헌팅 강국으로 떠오른 것이다.

많은 나라들이 포션 등에 군침을 흘리면서도 섣불리 대한민국을 압박할 생각을 못하는 데는 그런 사정이 있었던 것이다.

대한민국 정부와 헌터 협회는 이러한 기회를 놓칠 생각이 없었다.

그래서 비공개로 하려는 이정진과 아케인 클랜을 설득했다.

국가를 위해 양보해 달라는 것이 그것이었다.

정진이나 이정진도 그러한 정부와 헌터 협회의 설득에 어느 정도 공감을 하고 이정진의 등급만 공개하기로 결정하였다.

물론 적당히 외부에서 인정할 정도의 기간을 두고 등급을 공개했다.

만약 아케인 클랜에 소속된 헌터들의 등급을 그대로 공개를 했다가는 매직 웨폰이나 포션에 못지않은 파장을 만들어 낼 것을 알기 때문에 적당히 숨기기로 합의를 본 것이다.

그리고 그것은 정부의 뜻과도 맞아떨어졌다.

정부도 굳이 대한민국에 소속된 헌터들의 등급을 모두 까발릴 필요는 없다고 생각했다.

비록 헌터가 국가의 국력의 일부로 인식이 되고 있다지만 모든 헌터의 능력을 모든 국가에 공개한다는 것은 도박에서 내 패를 모두 상대에게 보이는 것과 같은 일이었다.

정부도 이 점은 정진과의 이해가 맞아떨어졌고, 때문에 그 뜻을 받아들였다.

이렇게 자신들보다 수준이 떨어진다고 생각하던 대한민국의 헌터에게 자국 최고의 헌터인 주우위가 밀리자, 주우위가 3급 라이선스를 획득한 것을 기회로 중국이 대대적으로 구룡문과 그를 밀어주기 시작한 것이다.

주우위가 3급 라이선스를 획득했다는 사실보다 더 화제가 된 사실은 지금껏 공개된 적 없는 대 몬스터 병기의 등장이었다.

바로 5년 전 발굴 당시 잠깐 화제가 되었던 타이탄의 존재였다.

대한민국에서 세계 최초로 온전한 형태의 타이탄이 발굴되었다는 뉴스가 나오고, 그것이 미국과 일본에 각각 팔렸다는 소식은 아주 짧게 나왔다가 사라졌다.

중국이 타이탄 한 기를 확보했다는 사실은 전해지지 않았던 사실이기 때문에 사람들의 이목은 더욱 집중되었다.

타이탄이 발굴되었던 일이 금방 화제에서 멀어진 이유는 타이탄을 판매하는 대한민국 정부와 노태 그룹, 구입한 미국과 일본의 이해가 맞아떨어졌기 때문이었다. 가능한 비밀리에 연구하고 개발해야 하는 일이니 급하게 정보를 차단한 것이다.

그런데 타이탄을 구매한 미국이나 일본이 아닌, 생뚱맞게도 중국에서 타이탄이 공개되었다는 사실에 사람들은 주목했다.

단지 중국이 타이탄을 보유했다는 사실만이 아니라, 3급 라이선스를 획득한 주우위가 이 타이탄을 탑승하고 위기에 처한 비룡성을 구했다는 것이 중국 정부가 강조하는 사실이었다.

중국 정부는 게이트 방어에 실패하여 몬스터들이 넘어왔고 상당한 피해가 있었다는 사실은 공개하지 않았다.

대한민국 헌터 협회로부터 사전에 몬스터 웨이브가 발생할 것을 통보받았음에도 불구하고 방심한 나머지 큰 피해를 입었기 때문이다.

중국은 헌터 강국으로서 피해를 입었다는 사실을 외부에 알리고 싶어하지 않았다.

능력이 없어 당했다기보단 자신들이 최고라는 중화사상에 물들어 있었기 때문이다. 경고받은 것을 무시하고 방심하다가 몬스터의 기습으로 생각지도 못한 피해를 당했다.

뒤늦게 주우위가 구룡문의 헌터들을 이끌고 피해 지역으

로 달려가 게이트를 넘어온 몬스터를 잡았지만, 이미 피해는 커질 대로 커진 상태였다.

아무리 타이탄이 강력한 대 몬스터 병기라고 하지만 혼자서 감당하기에는 게이트를 넘어간 몬스터의 숫자가 너무도 많았기 때문이다.

그렇지만 공산주의 국가인 중국 정부의 입장에서 이러한 피해를 인민이나 외국에 공개할 수는 없었다.

만약 공개된다면 그야말로 자신들의 치부가 바로 드러나는 것이기 때문이다.

낙후된 국가들이나 약소국들이 주된 피해자였던 이번 4차 몬스터 웨이브에서 중국이 피해를 입었다는 사실이 알려지면 국가적 위치가 훼손된다고 생각한 것이다.

그러니 자신들의 실수를 외부에 공개할 수가 없는 것이다.

중국 정부는 피해에 대한 보도보다는 영웅 만들기에 초점을 맞춰 세간의 관심을 돌리려고 했다.

이것은 중국이 공산주의 독재 체제였기에 가능한 일이었다.

중국 사천성 성도.

몬스터 웨이브가 끝난 이후, 구룡문에는 많은 사람들이 몰리기 시작했다.

이전에도 중국 최고의 문파라는 이름을 들은 많은 관광객들이 찾아오기는 했지만 지금에 비할 바가 아니었다.

그 내막을 알게 된다면 찾아오는 사람들의 심정을 이해할 수 있었다.

사람들이 몬스터 웨이브로 피해를 입고 있을 때, 마치 슈퍼 히어로처럼 구룡문의 문주인 주우위가 커다란 타이탄을 타고 나타나 몬스터들을 모두 처리했기 때문이었다.

물론 사실은 수많은 헌터들도 동원되었고, 주우위 혼자서는 절대 불가능한 일이었지만 세간의 인식은 그러했다.

본래 사람들의 인식이라는 것이, 가장 강한 충격에 모든 상황을 대입하여 자신이 이해할 수 있는 범위에서 사건을 해석하기 마련이다.

게이트를 넘어온 몬스터들은 많아도 너무 많았으며, 그냥 보기에도 압도적인 타이탄에 타고 있던 중국 최고의 헌터인 주우위가 그것들을 처리했다는 것이 이해하기 쉬웠기 때문이다.

구룡문과 주우위를 대놓고 밀어주는 중국 정부의 태도 또한 그런 인식에 영향을 주었다.

찰칵! 찰칵!

구룡문을 찾은 관광객들은 연신 카메라 셔터를 눌러 댔다.

바로 구룡문 정문 앞에 서 있는 거대하고 웅장한 타이탄을 촬영하고 있는 것이었다.

구룡문에 취재를 나온 방송국 카메라 또한 타이탄의 모습을 담느라 정신이 없었다.

"물러나시오."

몇몇 관광객들이 타이탄에 가까이 다가갈 때마다, 타이탄 주변에 만들어놓은 저지선을 지키고 선 구룡문 직원들이 그들을 막았다.

몰려들던 관광객들이 직원의 호통에 찔끔 물러났다.

오늘은 평소와는 달리 구룡문 전체에 긴장이 흘렀다.

중국의 국가 주석인 주진평이 구룡문을 방문하기로 되어 있었기 때문이다.

때문에 구룡문의 문도들은 물론이고 공안들 또한 긴장한 채 주변을 경계하고 있었다.

혹시나 테러가 발생해 주석인 주진평에게 피해라도 간다면 공안국장은 물론이고 나라 전체가 뒤집어질 수도 있기 때문이다.

'얼마 전에는 그런 사건까지 있었으니까.'

관광객들을 물리던 직원이 한숨을 내쉬었다.

분리 독립을 요구하던 신장 위구르 자치구에서 테러가 발생한 지 그리 오랜 시간이 흐르지 않았다.

당시 문명의 혜택도 제대로 받지 못한 채 방치되어 있던 위구르인들은 중국 정부의 차별에 불만을 토로하며 무장 봉기를 일으켰다.

그들은 자치구 내에서뿐만 아니라 수도인 북경과 상해 등 대도시에 테러를 자행했고, 상당한 사상자가 발생했다.

하지만 중국 정부는 신장 위구르 자치구의 독립 요구를 묵살했다.

아니, 묵살한 정도가 아니었다.

중국 정부는 인민군을 동원해 신장 위구르의 봉기 세력에 대한 강력한 탄압에 들어갔다.

그 무자비한 대응을 지켜본 중국 공안들은 가라앉은 국내 분위기에 잔뜩 긴장하고 있었다. 국민들도 마찬가지였다.

'그래서 그리 달갑지 않은 거지.'

한숨을 내쉬던 구룡문 직원이 생각했다.

혹시나 테러가 발생했다간 또 무슨 상황이 벌어질지 모르니, 차라리 주석이 방문하지 않는 게 그로서는 더 좋은 것이다.

삼엄한 통제가 이루어지고 있는 구룡문의 정문 주변은 북적이는 인파 속에서도 묘한 긴장감이 흘렀다.

시간이 흐르자 몇 되지 않는 아머드 기어까지 정문 주변에 나와 경계를 서기 시작했다.

"주진평 주석이 도착하기로 한 시각이 언제라고 했지?"

조금 전부터 정문 앞에 나와 있던 주우위가 비서를 돌아보며 물었다.

아무리 주우위가 중국 최고의 문파인 구룡문의 문주이며 또 세계 최초의 타이탄 마스터라고 하지만, 오늘 구룡문을 방문하려는 이는 바로 국가 주석이었다.

"이제 곧 도착하실 겁니다."

조금 전부터 주우위는 도착 시간을 몇 분 간격으로 계속 반복해서 물어보고 있었다.

독재 체제인 중국에서 그보다 더 강한 권력자는 없다. 때문에 주우위 또한 상당히 긴장하고 있었던 것이다.

얼마의 시간이 흘렀을까? 주변을 경계하고 있던 공안들과 검은 양복을 입은 경호원들이 일사불란하게 움직이는 것이 주우위의 눈에 들어왔다.

"도착했나 보군."

그 변화에 주우위가 작게 중얼거리고 있을 때, 성도 공안국장이 주우위에게 다가왔다.

"지금 주석께서 도착하셨다고 합니다. 준비하시기 바랍

니다."

성도를 책임지는 공안국장이라면 무척이나 높은 위치에 있는 사람이다.

하지만 공안국장은 고개까지 숙이며 주우위에게 보고하듯 행동했다. 주우위 역시 고개를 가볍게 끄덕였을 뿐이었다.

주우위와 구룡문은 이미 중국 내에서 대세로 자리잡고 있다. 공안국장에게 있어 보다 위로 올라가기 위해선 구룡문과 구룡문의 문주인 주우위의 도움이 절실했다.

"알겠습니다. 준비를 하죠."

비서인 맹사성이 주우위 대신 대답했다.

곧 어느새 다가온 여러 대의 검정색 대형 세단이 구룡문의 정문 앞에 천천히 정차했다.

그러자 그 주위로 4기의 아머드 기어가 다가와 감싸듯 포진하여 주위를 경계하기 시작했다.

그뿐만이 아니었다. 앞쪽과 뒤쪽에 있던 세단들에서 검은 양복을 차려입은 경호원들이 내렸다. 그들은 한가운데에 있던 차량을 둘러싸고 늘어섰다.

혹시 모를 저격에 대비해 주변을 경계하듯, 경호원들은 매서운 눈길로 자신에게 할당된 구역을 훑어보고 있었다.

마지막으로 가운데에 있던 검은 세단의 문이 열리고, 한 명의 장년인이 걸어나왔다.

"와!"

"만세!"

"만세!"

세단에서 나온 인물의 모습을 확인한 관광객들이 큰 소리로 환호와 함께 만세를 부르기 시작했다.

한편 정문에 서 있던 주우위는 세단에서 주진평 주석이 나오는 것을 확인하자 더욱 긴장했다.

그 또한 주석인 주진평이 무엇 때문에 구룡문을 찾아왔는지 잘 알고 있었기 때문이다.

"수고가 많소."

비서에게서 귓속말로 누가 주우위인지 들은 주진평이 그에게 다가와 먼저 악수를 청했다.

"어서 오십시오, 주석님."

주우위는 손을 내미는 주진평의 손을 가볍게 맞잡으며 고개를 숙였다.

주진평은 입가에 환히 미소를 지으며 주우위의 어깨를 손으로 감쌌다. 마치 주우위와 예전부터 친분이라도 있다는 듯한 얼굴이었다.

주진평의 이런 행동은 주변에 자신을 촬영하고 있는 방송국 카메라를 다분히 의식한 행동이었다.

물론 구룡문의 문주인 주우위 또한 그러한 것을 알고 있기에 별다른 거부 반응을 보이지 않았고, 크게 기대하지도 않았다.

　오히려 어떻게든 오늘 구룡문을 방문한 주진평 주석과 더욱 좋은 관계를 맺어야 한다는 생각으로 가득했다.

　한동안 그렇게 방송국 카메라 앞에서 포즈를 취하던 두 사람은 곧 구룡문 안으로 걸어갔다.

　"오!"

　자리를 옮기던 주진평이 정문 앞에 서 있는 타이탄 카토의 모습을 보고는 발걸음을 멈췄다.

　주진평은 타이탄이 서 있는 모습을 처음 보고 감탄을 금치 못했다.

　"이게 정말로 움직인다는 말인가?"

　"그렇습니다. 주석님."

　작은 소리였지만 옆에서 걸어가던 주진평이 하는 행동에 주의를 기울이고 있던 주우위는 듣자마자 재빠르게 대답을 하였다.

　주진평이 감탄하며 타이탄을 살펴보는 모습에 주우위의 입가에 살며시 미소가 걸리기 시작했다.

　지금까지 주석인 주진평의 모습이 나쁘지 않았기 때문이다.

발걸음을 멈추고 타이탄을 감상하던 주진평은 한 손을 들어 뒤쪽에 대고 손짓을 했다.

쿵! 쿵! 쿵! 쿵!

주진평의 손짓을 본 아머드 기어 중 두 기가 앞으로 나가 타이탄의 곁에 섰다.

중국이 불법 복제를 한 아머드 기어인 황룽 Ⅱ였다.

미국의 아머드 기어를 불법 복제하여 만들어낸 황룽 Ⅱ는 불법 복제 사실을 숨기기 위해 외부 디자인이 원본보다 두터웠다.

두터운 외피 탓에 황룽 Ⅱ는 움직임이 다른 아머드 기어들에 비해 굼떴는데, 이 때문에 다른 나라의 헌터나 사람들은 황룽 Ⅱ를 본래 뜻인 황룡(黃龍)이라 부르지 않고, 돼지라는 뜻의 저(猪)를 써서 저룡(猪龍), 즉 주룽이라고 부르곤 했다.

본래 두께대로 하더라도 방어력은 충분했으나, 무식하게 몸집이 커지면서 무게만 15톤dl 되어버렸다.

원래 로봇이라 방어력은 충분한 아머드 기어인데, 무식하게 몸집을 키우기 위해 장갑을 더하는 바람에 무게만 늘어난 것이다.

물론 카피를 한 미국산 아머드 기어 집시 레인저 MK—1이 일본이나 유럽의 아머드 기어에 비해 방어력이 빈약한 것은 사실이지만, 이는 아머드 기어의 심장인 파워 팩의 성능이 떨어지기 때문에 무게를 줄인 것이다.

그런데 무리하게 장갑을 추가하는 바람에 톤당 마력의 수치가 더욱 떨어지면서 보기에만 그럴 듯한 아머드 기어가 만들어진 것이다.

그렇다고 황룡 Ⅱ가 다른 나라의 아머드 기어에 비해 방어력이 월등히 뛰어난가 하면 그것도 아니었다.

중국의 야금술 수준이 떨어지기 때문이었다.

같은 두께의 강철판의 강도가 일본산에 비해 13%나 떨어지기에 장갑을 덧대 무게를 늘렸지만 결국 부족한 야금술로 인해 방어력 자체는 비슷한 정도에 그쳤다.

그에 비해 움직임은 30%나 떨어져 완전히 굼벵이가 되어버렸으니, 몬스터 헌팅에 제대로 활용할 수 없었다.

겉모습만은 그럴듯하였으니 헌팅에 대해 잘 알지 못하는 일반인들은 모두 자부심을 갖고 있었으나, 중국 헌터들 사이에서는 아무 짝에도 쓸모없다고 생각되는 것이 보통이었다.

하지만 아머드 기어 중 가장 육중한 기체인 황룡 Ⅱ도 지금 앞에 자리하고 있는 타이탄과 한 자리에 서서 비교를 하니 유치원생과 어른을 보는 듯했다.

타이탄의 거대하고 웅장한 몸체에서 풍겨지는 위압감은

5m 크기의 아머드 기어와 비교 자체가 불가한 모습이었다.

"주 문주."

"예, 말씀하십시오."

자신을 부르는 주진평의 말에 주우위가 얼른 고개를 숙이며 대답을 했다.

"타이탄을 한 번 움직여 보일 수 없나?"

무슨 생각인지 주진평은 타이탄이 움직이는 것을 보고 싶어 했다.

"알겠습니다."

주우위는 대답을 마치고 한 걸음 앞으로 나가 소리쳤다.

"카토! 인!"

직접 말을 하지 않고 속으로 시동어를 외쳐도 상관이 없지만, 주우위는 주진평이 무엇 때문에 타이탄을 움직여 보라고 요구한 것인지 알고 있었다. 제대로 많은 이들 앞에서 퍼포먼스를 보여주기로 한 것이다.

주우위의 행동에 사람들이 일제히 타이탄 쪽을 주목했다.

번쩍!

밝은 빛이 번쩍임과 함께 구룡문의 정문 앞에 서 있던 타이탄의 가슴 부위의 게이트가 열렸다.

"합!"

짧은 기합과 함께 주우위가 점프를 하자 타이탄의 가슴에

열린 게이트에서 빛이 나와 주우위를 빨아들였다.

원래는 이런 방식으로 타이탄에 탑승을 하지 않지만, 오늘은 주석까지 구경을 하러 왔기에 보여주기 위해 이런 방식으로 탑승을 한 것이다.

"헉!"

그 모습을 본 주진평이나 많은 사람들이 놀라움에 짧은 비명을 질렀다.

하지만 그것도 잠시, 사람들은 큰 소리로 환호성을 질렀다.

"와!"

"와! 와!"

"구룡문 만세!"

타이탄에 탑승한 주우위가 보란 듯이 움직이기 시작했다.

우웅!

낮은 진동음과 함께 기동을 시작한 카토는 주우위가 의도한 대로 퍼포먼스를 보이기 시작하였다.

휘익! 척! 척!

쿵!

간단한 쿵후 동작이었지만 거대한 타이탄이 선보이자 결코 가볍게 보이지 않았다.

바람을 가르고 대기를 누르는 듯한 모습은 마치 무협 영화 속 고수가 주변을 억누르듯, 엄청난 위압감을 보였던 것이다.

더욱이 그 움직임은 마치 사람이 움직이는 것처럼 너무도 부드러웠다.

타이탄이 움직이는 모습을 지켜본 사람들과 주진평은 모두 감탄을 금치 못했다.

✝   ✝   ✝

중국 뉴스에서는 연일 계속해서 중국발 타이탄의 등장 소식과 유일하게 타이탄을 운용하는 구룡문의 문주, 주우위의 소식이 나오고 있었다.

하지만 대한민국에서는 이런 중국의 소식이 단신으로 간단히 전달되었을 뿐이었다.

그 이유는 다름 아닌 아케인 클랜 때문이었다.

아케인 클랜이 몬스터 웨이브의 조짐을 눈치채고 이를 전했을 때도 놀랍다는 반응이 있었지만, 몬스터 웨이브가 닥쳤을 때의 대활약은 연일 보도되는데도 계속 화제였다. 모든 방송사를 비롯한 언론들은 아케인 클랜에 대한 내용을 보도하느라 정신이 없었다.

사람들은 모두 아케인 클랜에 대해 감탄과 찬사를 금치

못했다.

이런 상황이 만들어진 데는 정부와 헌터 협회, 아케인 클랜의 이해관계가 맞아떨어졌다는 점도 한 몫했다.

정부는 재앙과도 같은 몬스터 웨이브의 소식을 듣고 불안에 떨던 국민들에게 큰 피해 없이 무사히 막아냈으며, 대한민국 헌터들의 실력이 많이 발전했다는 사실을 알리고 싶어 했다.

헌터 협회 또한 자신들과 손을 잡고 움직이고 있는 아케인 클랜이 주목받는 것을 긍정적으로 여기고 있었다. 아케인 클랜이 칭송받을수록 자신들의 명성도 높아지리라고 판단한 것이다.

또한 몬스터들에게 점령되어 있던 북한 지역을 수복했다는 점도 연이어 뉴스거리가 되었다.

물론 이 부분 또한 아케인 클랜이 독립적으로 움직이며 평양 게이트에서 발생한 몬스터들을 정리했다는 사실이 알려지면서 아케인 클랜의 명성을 높이는 결과를 가져왔다.

즉, 대한민국도 중국이 그런 것처럼 이번 몬스터 웨이브로 인한 소식을 전하다 보니 어느새 영웅 만들기가 진행되고 있었던 것이다.

다만 중국과 다른 점이 있었다.

대한민국에서 벌어지고 있는 상황은 피해를 숨기기 위한 언론 플레이가 아니었다. 몬스터 웨이브를 막아내는 과정에서 헌터들의 입에서 입으로 소문이 퍼지면서 아케인 클랜과 정진의 이름이 알려졌고, 이것이 뉴스가 될 수 있다고 판단한 언론이 몰려든 탓에 발생한 것이 시작이었다.

정부나 헌터 협회는 언론들이 만들어놓은 상황에 은근히 힘을 실어주었을 뿐이었다.

보도가 이어지면서 아케인 클랜에서는 개발한 특별한 기술이 알려지기도 했다. 이로 인해 각 기업들과 학계에서도 아케인 클랜을 주목하기 시작했다.

바로 마정석을 이용해 도시 건설을 할 수 있는 기술이었다.

미국에서 특허를 낸 마정석 발전 기술이 이용되지 않은, 순수하게 대한민국의 아케인 클랜이 새롭게 개발한 이 기술은 도시 전체에 전기를 공급할 수 있는 것은 물론 외부의 공격으로부터 도시를 방어를 할 수도 있었다.

이 기술이 더 놀라운 것은 그러면서도 건설 비용이 일반적인 도시를 건설하는 것과 큰 차이가 나지 않는다는 것이었다.

사람들 사이에서는 입소문을 타고 아케인 클랜이 인위적으로 게이트를 만들고 공간을 넘어 이동할 수 있다는 이야기도 퍼지고 있었다.

실제로 엠페러 클랜과 백화 클랜에서 그 소문에 대한 증언을 하면서 헌터 협회는 물론이고 정부에서도 진위를 알아내기 위해 관계자를 아케인 클랜에 파견했을 정도였다.

그리고 아케인 클랜이 그것을 사실이라고 인정하면서, 헌터 협회는 물론이고 정부도 이를 어떻게 활용할지 고심하게 되었다.

† † †

서울시 종로구에 있는 청와대는 대통령이 주재하는 국무회의가 한창이었다.

노승민 대통령은 몬스터 대응군으로부터 몬스터 웨이브가 끝났다는 보고를 받은 뒤, 전국적으로 내려진 헌터 동원령을 해제하였다.

물론 동원령이 끝났다고 몬스터 웨이브로 발생한 몬스터들이 완벽하게 처리되었다는 소리는 아니었다.

정확히는 더 이상 몬스터들이 게이트를 통해 넘어오지 않을 것이라는 말이 맞았다.

이번 몬스터 웨이브로 인한 동원령은 대한민국에 있던 신림동 게이트와 대전 게이트를 방어하기 위한 것이었다.

그런데 이 두 게이트에서의 방어전이 끝난 이후 다시 한 번 동원령이 떨어졌다.

평양 게이트에서 몰려오는 몬스터들을 막기 위한 것이었다. 본래대로라면 이북 지역을 정리하고 있던 육군과 몬스터 대응군이 상대해야 하겠지만, 너무도 많은 몬스터들의 수에 또 한 번 동원령을 내리지 않을 수 없었다.

다행히 뉴 서울과 뉴 대전에서의 방어전이 큰 피해 없이 성공적으로 마무리되었기에, 헌터들은 평양 게이트로부터 몰려온 몬스터들을 막기 위해 저지선을 펼친 군부에 무리 없이 합류할 수 있었다.

하지만 헌터들이 합류한 뒤로도 전황은 그리 바뀌지 않았다.

지구로 귀환한 헌터들은 앞선 방어전에서의 전투로 상당히 지쳐 있기도 했고, 군에서 보유하고 있는 물자나 무기들이 떨어지기도 했다.

무엇보다 가장 큰 이유는 게이트 너머 뉴 어스에서의 방어전과는 달리, 장기적으로 대한민국의 국토가 될 이북 지역에서 쉘터와 같은 방어 시설도 없이 몬스터들과 전투를 벌이는 것은 너무 힘들었기 때문이다.

헌터들의 합류로 임진강 너머 개성 인근에 고착된 채 전황은 크게 전환되지 않았고, 몬스터 대응군과 헌터들은 점점 지쳐 가고 있었다.

그때 혜성처럼 등장한 것이 바로 아케인 클랜이었다.

클랜장인 정진을 위시한 아케인 클랜은 엠페러 제1, 제2쉘터로부터 뒤늦게 합류했지만 적은 인원으로도 기동부대로 움직이며 갈라진 몬스터 무리를 각개격파하는 식으로 처리했다.

몬스터 웨이브가 발생한 지 얼마 되지 않았을 때는 그저 전선을 유지하는 것만으로도 벅찬 일이었지만, 무리가 갈라져 흩어지게 되면 보다 처리하기가 쉬워진다.

더욱이 기동부대로 아케인 클랜이 활동하면서 몬스터 대응군과 헌터들은 이전보다 훨씬 원활하게 작전을 수행할 수 있었다.

아케인 클랜의 활약으로 오랫동안 전쟁을 한 헌터들이 휴식할 시간이 주어지면서 점점 제 실력을 발휘할 수 있었고, 금세 남아 있던 몬스터들이 정리되었다.

그로 인해 정부는 몬스터 웨이브 이전에 계획하였던 북한 지역의 통합을 이룩하는 성과를 얻게 되었다.

이전의 몬스터 웨이브가 대한민국에 엄청난 재앙을 가져왔던 재해였다면, 이번 제4차 몬스터 웨이브는 대한민국에게 제2의 도약을 약속하는 전환점이 되었다.

엄청난 숫자의 몬스터를 상대하면서 많은 자원을 소비했지만, 그 이상 엄청난 숫자의 마정석과 몬스터 부산물을 얻었다.

게이트 사태가 터진 현대 사회에서 이보다 좋은 자원은 없었다.

모든 산업에 들어가는 자원, 희토류 이상의 취급을 받는 자원이 바로 마정석과 몬스터 부산물이다.

그런데 이번 몬스터 웨이브를 방어하면서 그것을 어머어마하게 확보할 수 있었던 것이다.

일시적으로 마정석과 몬스터 부산물의 가격이 폭락할 정도였다.

원래라면 몬스터 웨이브가 끝난 후 피해에 대한 복구 예산을 꾸려야 하기 때문에 그럴 일이 없었을 것이다. 하지만 이번 제4차 몬스터 웨이브 때는 별다른 피해가 없었다.

국토를 복구할 비용이 들지 않으니 엄청난 흑자를 맞을 수밖에 없었다.

정부는 마치 기다리기라도 한 듯 적정 가격을 매겨 헌터들이 확보한 마정석과 몬스터 부산물을 사들였다.

이는 몬스터에게서 수복한 북한 지역을 최대한 빨리 개발하여 완전한 국토로 정립하기 위해서였다.

이대로 만약 시기를 놓친다면 동북공정을 부르짖던 중국이 어떻게 나올지 모르기 때문이다.

중국은 그동안 영토를 넓히기 위해 역사를 고쳐 가며 동북 지역을 자신들의 역사에 편입하려고 하였다.

하지만 언제나 중국의 그런 정책은 대한민국 정부와 북한 정권의 반발을 받고 수면 아래로 내려가기를 반복해 왔다.

중국의 동북공정에 대한 근거가 너무도 조악했기 때문이었다. 만약 중국의 국력이 더 강력했고, 중국이 더 강력하게 밀어붙였다면 위험할 수도 있는 상황이었다.

그러나 그 시도는 때마침 발생한 게이트 사건으로 완전히 흐지부지되었다.

몬스터 웨이브를 막아내지 못한 북한 정권이 무너지게 되었을 때 또한 마찬가지였다.

북한 지역 전체에 너무도 많은 몬스터가 자리를 잡아 정복할 엄두를 낼 수 없었기 때문이다. 그렇게 중국의 동북공정은 또다시 실패하였다.

대한민국 또한 몬스터들에 의해 잃어버린 국토를 수복하고 피해를 복구하는 데 급급하여 그동안 북한 지역을 신경 쓸 수 없었다.

그런데 4차 몬스터 웨이브를 겪으며 전화위복으로 북한

지역을 손에 넣게 되니, 중국의 행동을 주시하지 않을 수가 없었다.

그나마 다행이라면 이번 몬스터 웨이브로 중국이 내부적으로 입은 피해가 컸고, 그것을 숨기는 데 급급하다 보니 대한민국 쪽으로 시선을 돌릴 여유가 없다는 것이었다.

대한민국 정부는 이참에 하루라도 빨리 북한 지역의 개발을 마치고 중국의 압력을 대비하기 위해 움직이고 있었다.

청와대에서 연일 회의가 벌어지고 있는 것은 바로 그 탓이었다.

"박 장관."

"예, 대통령 님."

"북한 지역을 수복하는 문제는 어느 정도나 진행되었습니까?"

노승민 대통령이 묻자, 국방부 장관인 박세득이 자리에서 일어섰다.

"현재 군은 몬스터 대응군을 중심으로 함경도 지역까지 완벽하게 정리를 하였습니다. 일부 몬스터들이 지형이 험난한 양강도 북쪽과 함경북도 지역으로 들어가면서 소탕에 조금 애로를 겪고 있습니다만, 조만간 모두 수복할 수 있을 겁니다."

박세득 국방부 장관이 자신감 넘치는 목소리로 답변하였다.

대답을 들은 노승민 대통령이 고개를 끄덕였다.

"좋아요. 여러분들도 알겠지만 중국이 언제 다시 동북공정을 들먹이며 우리가 수복한 북한 지역을 넘볼지 모릅니다. 그러니 하루라도 빨리 그곳을 실효적지배해야 합니다. 계속 분발해 주시기 바랍니다."

노승민 대통령의 당부를 들은 국무회의 위원들이 모두 고개를 끄덕였다. 그들 또한 중국이 막무가내로 나올 공산이 크다는 것을 알고 있었기 때문이다.

"각하!"

"뭔가 의견 있습니까?"

노승민 대통령은 자신을 부르는 최수환 국정원장의 부름에 고개를 돌려 그를 돌아보았다.

"아케인 클랜이 보유한 쉘터 건설 기술을 적용해 북한 지역에 도시를 건설해 보는 것이 어떻겠습니까?"

최수환 국정원장은 진지한 표정으로 자신의 생각을 말했다.

"아니, 도시 건설을 일개 헌터 클랜에 의뢰한다니요? 말도 되지 않는 소리입니다."

국토교통부 장관인 한태화가 최수환 국정원장의 안건에

말도 되지 않는다며 반발하였다.

도시 개발, 그것도 수복한 북한 지역의 개발은 막대한 예산이 들어가는 것은 물론이거니와 그에 따른 수많은 이익이 약속된 사업이다.

그런데 대형 건설 사를 보유한 대기업도 아닌, 겨우 일개 헌터 클랜에 그런 일을 의뢰한다는 것은 어떻게 보면 특혜를 넘어 장난으로까지 여겨졌다.

하지만 최수환 국정원장은 한태화 국토교통부 장관의 반박에도 불구하고 자신의 뜻을 굽히지 않았다.

"국정원은 최근 아케인 클랜의 클랜장인 정정진 클랜장과 면담했습니다. 정정진 클랜장은 아케인 클랜이 가진 쉘터 건설 기술이 지금의 500명 정도의 소규모 쉘터 건설뿐만 아니라 어느 정도의 시간만 있다면 충분히 10만 이상의 도시 규모의 쉘터도 만들 수 있다고 말했습니다."

"그게 사실이오?"

최수환의 말이 끝나기 무섭게 한태화 국토교통부 장관이 물었다.

이는 무척이나 중요한 사안이었기 때문이다.

한편 국방부 장관인 박세득은 국정원장의 말에 연신 고개를 끄덕이며 동의하고 있었다.

국방부 장관으로서 군사작전을 지켜보던 박세득은 4차

몬스터 웨이브 방어전을 겪으며 느낀 바가 있었다.

아케인 클랜에서 건설한 쉘터는 그저 단순하게 헌터들이 묶는 임시 거처가 아니었다. 위험한 몬스터의 공격으로부터 방어와 공격을 함께할 수 있는 그런 시설이었다.

자체적으로 수비와 방어를 함께할 수 있는 시설물인 것이다.

사실 군에서는 이런 아케인 클랜의 쉘터 건설 기술에 대해 많은 관심을 가지고 있었다.

다만 예산이 빠듯해 정부에 안건을 내지 못하고 있던 것뿐이다.

그런데 국정원장이 대신 안건을 내놓자 박세득은 반가운 마음에 얼른 말했다.

"그게 정말이라면 아케인 클랜에 맡겨도 괜찮을 듯합니다."

박세득의 동의에 힘을 얻은 최수환 국정원장이 말을 이었다.

"아케인 클랜의 쉘터는 마정석 발전기가 없어도 자체적으로 전력 공급이 가능하며, 유사시 방어진지로도 사용할 수 있습니다. 무엇보다 쉘터 안에서 몬스터들을 공격하는 것까지 가능합니다. 그것이 뉴 서울이나 뉴 대전 이상의 도시 규모까지 커질 수 있다면 이북 지역의 안전에 큰 도움이 될 겁니다."

최수환 국정원장은 말을 하면서 목이 마르지 앞에 놓인 물을 한 모금 마신 뒤, 다시 이야기를 이어갔다.

"엠페러 클랜이 아케인 클랜에 의뢰하여 건설한 쉘터 중 두 곳이 이번 몬스터 웨이브의 진행 방향에 있었습니다. 엠페러 클랜은 수용 인원 500명의 소규모 쉘터로도 그 엄청난 숫자의 몬스터 떼에 둘러싸인 상태에서도 무사히 항전할 수 있었다고 합니다. 이후 지원군도 있었지만, 쉘터의 시스템을 활용해서 결국 몬스터 웨이브로 인해 몰려든 몬스터들을 모두 성공적으로 처리했습니다. 이것만 봐도 아케인의 쉘터 시스템이 얼마나 강력한 방어력을 가지고 있는지는 분명하다고 할 수 있습니다."

최수환 국정원장이 강력하게 주장하자, 국무회의에 참여한 이들의 표정도 점점 진중해졌다.

"그뿐만이 아닙니다. 아케인 클랜의 쉘터에는 자체적으로 에너지를 모으는 기능이 있는데, 그렇게 모인 에너지를 가지고 공격과 방어를 하는 것은 물론이고, 평상시에는 워프 게이트란 것을 이용해 다른 곳으로 이동할 수도 있다고 합니다."

계속되는 국정원장의 보고에 자리에 있는 노승민 대통령은 물론이고 장관들도 할 말을 잊었다.

마치 SF영화나 판타지 소설 등에서나 보았을 법한 이야기였기 때문이다.

"실제로 엠페러 제1, 제2쉘터에 있던 헌터들의 수는 수용 인원을 훌쩍 초과해 있었습니다. 그런데도 오래 버틸 수 있었던 것은 바로 아케인에서 제작한 쉘터가 자체적으로 에너지를 만들어낼 수 있었기 때문입니다. 저는 도시 구성에 이보다 더한 장점이 있을까 싶습니다."

"그게 사실입니까?"

"사실입니다. 못 믿으시겠다면 아케인 클랜이 평강군에 임시로 건설한 쉘터로 한 번 가서 확인해 보시기 바랍니다."

최수환은 한태화 국토교통부 장관의 의심에 정진이 평강군에 임시로 설치한 진지에 대해 이야기했다.

비록 정진이 평강군에 건설한 임시 거점은 뉴 어스에 건설한 아케인 쉘터의 시스템과 비교할 수는 없지만, 뉴 어스에 건설한 쉘터들과 비교하면 어마어마하게 거대했다.

기존의 아케인 쉘터가 500명을 수용할 수 있는 작은 마을 규모의 크기였다면, 평강군에 건설한 임시 거점은 무려 1만 명이나 수용할 수 있는 크기였다.

임시 거점을 바탕으로 움직인 것은 기동부대였던 아케인

클랜뿐이었지만, 정진이 이북 지역을 수복한 뒤의 일을 생각해 일부러 크게 만든 것이다.

현재 아케인 클랜의 헌터 숫자는 2천 명에 가까웠다. 지금도 계속해서 헌터들이 유입되고 있었다.

정진은 이북 지역을 국토로 수용하고자 하는 정부의 계획을 눈치채고 있었다. 그렇게 되면 이북 지역에 아직 자리잡고 있는 몬스터들의 소탕과 평양 게이트로의 진출이라는 숙제가 생긴다.

정진은 평강군에 만들어놓은 임시 거점을 통해 아케인 클랜의 이북 지역 진출을 생각하고 있었다.

평강군의 임시 거점에는 이미 워프 게이트가 설치되어 있다.

이 게이트는 신림동에 있는 아케인 빌딩과 연결되어 있었다. 정진은 이북 지역과 나아가 평양 게이트 너머의 뉴 어스에도 빠르게 물자나 인원을 전달할 수 있는 기반을 미리 설치한 것이다.

물론 아케인 클랜 소속의 헌터만 이용할 것이라고 생각했으면 이렇게 크게 건설하진 않았을 것이다.

이런 대규모 거점을 만들 수 있었던 것은 몬스터 웨이브 방어전을 펼치면서 엄청난 숫자의 마정석을 확보하였기에 가능한 일이었다.

정진은 이북 지역의 몬스터들로부터 마정석 등을 얻으면서, 몬스터 웨이브가 끝난 뒤 마정석과 부산물의 가격이 폭락할 것을 예상하고 있었다.

때문에 마정석을 바탕으로 대규모 쉘터를 지을 수 있는 능력을 공개하면 아케인 클랜에 이득이 될 것이라고 판단했다.

또한 몬스터 웨이브 방어전에서 보인 능력을 시기하거나 아케인 클랜을 견제하려는 일부 사람들의 행동도 사전에 차단할 수 있었다.

실제로 정진이 자신의 능력을 공개하게 되면서 사람들은 정진의 능력에 경탄하는 동시에 아케인 클랜이 가지고 있는 압도적인 힘을 두려워하거나 우려를 표하기도 했다.

때문에 정진은 쉘터 건설 쪽으로 사람들의 시선을 돌리는 방법을 선택했다.

어찌 됐든 자신을 노리는 이들은 기존의 기득권일 것이 분명했다.

싸움이 능사가 아니다.

기득권 층이 관심을 보일 법한 모습을 보이고 적대하기보단 협력하도록 유도를 하는 게 여러모로 나았다. 더 큰 이득을 얻을 수 있는 길을 제시하면서 서로 충돌을 막아보려는 노력의 일환이었다.

이런 정진의 생각을 가장 먼저 알아본 것은 국정원장인 최수환이었다. 최수환은 누구보다 먼저 평강군에 건설한 임시 거점을 방문하였다.

그리고 정진과 장시간 논의를 하며 이후 아케인 클랜의 행보가 어떻게 될지를 알아보고, 그에 따라 국무회의에 안건으로 제시하게 된 것이다.

"대통령님."

"말씀해 보세요."

"만약 최수환 원장의 말이 사실이라면 한시라도 빨리 중국과 국경을 이루는 지역에 도시를 건설해야 합니다."

박세득 국방부 장관은 진지한 표정으로 노승민 대통령에게 자신의 생각을 말했다.

"지금이야 중국이 몬스터 웨이브 때 받은 피해를 숨기는 데 주력을 다하고 있지만 시간이 조금만 지나면 북한 지역으로 시선을 돌릴 겁니다."

"맞습니다. 중국이 지금까지 보여준 행태를 보면 어떤 억지를 부릴지 모릅니다. 어쩌면 이미 사라진 북한 정권과 수립한 협정을 들먹이며 북한 지역을 삼키려 할지도 모릅니다."

"그건 또 무슨 소립니까? 북한은 이미 15년 전에 몬스터에 의해 무너지지 않았습니까."

노승민 대통령은 최수환 국정원장의 말에 기겁했다.

이미 사라진 북한 정권과 맺은 협정을 가지고 뭘 할수 있냐는 생각에 그런 질문을 한 것이다.

"그게 그렇지 않습니다. 동북공정만 봐도 알 수 있지 않습니까? 어쩌면 이미 사라진 북한의 김 씨 일족을 내세울지도 모릅니다."

"김 씨 일족이요?"

"예, 그렇습니다."

"아니, 어떻게? 그들은 몬스터에 의해 모두 죽지 않았소?"

"하지만 그것을 본 사람은 아무도 없습니다. 3차 몬스터 웨이브 당시 평양이 순식간에 몬스터에게 점령당했으니 그저 그랬을 것이다, 라고 짐작할 뿐이지 누구도 그들의 최후를 보지 못했습니다."

"아!"

최수환의 말을 듣고 있던 사람들은 그가 무슨 의도로 그런 말을 하는 것인지 그제야 깨달았다.

실제로 북한 지배층이 죽었건 살아 있건 그것은 중요하지 않다.

어느 나라든 이득을 위해선 진짜가 아닌 가짜를 만들어낼 수 있었다. 중국이라고 그런 생각을 하지 않을 것이라 장담할 수 없었다.

국무회의에 참여한 이들은 모두 뒷머리가 서늘해지는 듯했다.

"잘 들었소. 그럼 최수환 원장과 박세득 장관의 의견은 중국이 북한 지역에 관심을 가지기 전에 우리가 먼저 이북 지역을 선점해야 하기 위해 아케인 클랜에 도시 개발을 맡기자는 거군요."

"그렇습니다. 중국을 견제하기 위해서는 무엇보다 안전하고 편리한 도시를 빠르게 건설하는 것이 중요하다고 봅니다. 그러니 아케인 클랜의 쉘터 시스템을 통해 이북 지역을 개발하는 것이 좋다고 판단됩니다."

박세득 국방부 장관이 노승민 대통령이 말이 끝나기 무섭게 말을 덧붙였다.

"한태화 장관은 다른 의견이 있습니까?"

"아닙니다. 저도 아케인 클랜에 그런 능력이 있다면 충분히 활용해야 한다고 생각합니다. 다만 조금 전에 최수환 국정원장이 말했던 것처럼 북한 지역을 가능한 빠르게 선점하는 게 중요하다면 아케인 클랜 혼자 모든 걸 처리할 수는 없다고 생각합니다."

"음… 그렇군요. 무슨 말을 하는지 잘 알겠습니다."

노승민 대통령은 장관들의 이야기를 듣고 그 의견을 수렴해 정책을 세웠다.

"그럼 국경 지역은 한시라도 빠르게 도시 건설에 들어가야 하니 아케인 클랜에 의뢰하여 쉘터를 짓게 합시다. 그리고 각 건설 사에 아케인 클랜과 협력하여 빠르게 쉘터를 완성하라고 하십시오."

"알겠습니다."

대통령의 말이 끝나기 무섭게 한태화가 대답했다.

Chapter 6
도시 방어 마법진과 건설 사와의 협상

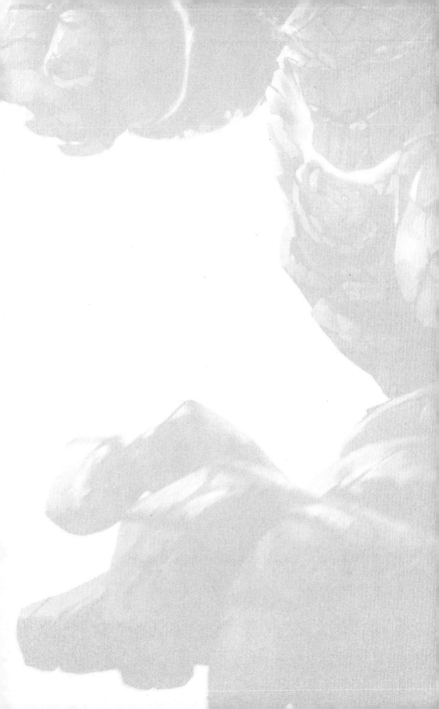

　4차 몬스터 웨이브가 끝난 이후, 아케인 클랜은 대한민국에서 다른 모든 소식을 초월하는 이슈가 되었다.

　TV를 켜면 어느 채널에서나 4차 몬스터 웨이브 소식과 함께 정부와 헌터 협회, 그리고 헌터들이 어떻게 몬스터 웨이브를 막아냈는지를 이야기하고 있었다. 그만큼 이번 몬스터 웨이브 방어전이 성공적이었기 때문이다.

　공중파 방송에서만이 아니라 케이블 TV에서도 이번 몬스터 웨이브에 대한 준비와 대처 방법에 대해서 보도하며 성공 원인을 분석하고 있었다.

　케이블 TV는 아예 따로 프로그램을 만들어 몬스터 웨이브와 헌팅에 관한 특집을 방송하기도 했다.

헌터 협회 간부는 물론이고 대학의 교수들, 은퇴한 헌터 등 많은 헌터와 관련된 게스트를 초빙했고, 실제 헌팅에 참여한 몇몇 헌터들을 인터뷰하기도 하면서 성공적으로 몬스터 웨이브를 막아낸 것을 떠들어 댔다.

그들 모두의 공통적인 이야기는 이번 몬스터 웨이브 방어전을 성공적으로 치를 수 있었던 이유는 따로 있었다는 것이었다.

헌터들의 실력이 예전에 비해 발전한 탓도 있었지만, 무엇보다 몬스터 웨이브의 조짐을 파악하고 준비를 하는 과정부터 남달랐던 아케인 클랜의 존재가 있었기 때문이라는 것이다.

아케인 클랜이 이번 몬스터 웨이브를 막아내기 위해 대부분의 행동은 공개적으로 진행되었고, 많은 헌터들이 그것을 목격했다. 때문에 아케인 클랜의 업적을 날치기하려는 이들은 나올 수가 없었다. 아케인 클랜의 업적을 숨기는 것 또한 불가능했다.

특히 클랜장인 정진의 실력과 몬스터 웨이브 당시의 언행 하나하나가 화제가 되었다.

정부와 언론, 헌터 협회와 각 클랜 등 이번 몬스터 웨이브의 이해관계에 얽힌 모든 이들은 아케인 클랜이 대세라는 점을 더 이상 부정할 수 없다고 생각했다.

이제는 누구라도 인정할 수밖에 없는 상황.

그들은 아케인 클랜의 업적을 부정하여 척을 지는 것보다, 아케인 클랜을 띄워주면서 대세인 그들과 한 배를 타는 것이 앞으로의 행보에 도움이 되리라 판단했다.

그들은 아케인 클랜을 치켜세움과 동시에 자신들도 현장에 있었고, 아케인 클랜에 조력했다는 식으로 숟가락을 얹기에 바빴다.

혜성과도 같은 아케인 클랜이라는 강자의 등장은 온 국민의 관심을 모았다.

무엇보다 이번 몬스터 웨이브 방어전을 계기로 헌팅 자체에 대한 일반인들의 인식이 개선되는 효과가 있었다.

사람들의 관심을 받은 정의롭고 강력한 집단인 아케인 클랜이 떠오르면서, 자연스럽게 몬스터 헌팅과 헌터들에 대한 관심이 높아진 것이다.

헌터만을 전문으로 방송하는 프로그램이 신설되는가 하면, 헌터 전문 케이블 채널이 나오기도 했다.

그러면서 막연히 돈을 많이 버는 직업일 뿐이라는 인식이 점점 해소되었고, 헌터가 얼마나 위험한 직업이고 몬스터가 얼마나 위험한지, 몬스터와 헌팅에 대한 전반적인 상식이 넓어졌다.

재미있는 점은 위험성이 강조되었음에도 오히려 헌터를

지망하는 사람들은 늘어났다는 점이었다.

몬스터 웨이브를 막아낸 아케인 클랜과 헌터들이 영웅화
되자, 자신도 그들과 같은 자리에 서고 싶다는 인식이 생겨
난 것이다.

사람들은 목숨을 걸어야 하는 일이지만 동시에 새로운 곳
을 개척하고, 많은 돈을 벌고, 사람들로부터 추앙받을 수
있는 직업이라는 사실에 주목했다.

더욱이 언론에서는 아케인 클랜에 대해 이야기하면서, 아
케인 클랜에서 만든 헌팅 교육 프로그램이나 매직 웨폰, 포
션 등도 함께 소개했다.

그것을 본 사람들은 자신도 장비와 능력을 갖추기만 한다
면 아케인 클랜처럼 될 수 있지 않을까 꿈꾸게 되었다.

아케인 클랜의 대단한 능력에 대해 집중적으로 보도하다
보니, 몬스터 헌팅 자체가 아주 위험한 일이고 헌팅은 항상
죽음과 가까운 일이라는 사실은 뒷전이 되기 일쑤였던 것이
다.

물론 방송에서는 헌팅 모습을 방영하면서도 절대로 따라
하지 말라는 경고 문구를 내보냈으나, 정말로 그것을 신경
쓰는 사람은 별로 없었다.

사람들은 오직 헌터들의 호쾌한 전투와 대단한 능력, 그
에 따른 보상에만 관심을 가졌다.

헌터들이 가지는 어두운 일면은 마치 일부러 눈을 돌리기라도 하는 듯 수면 아래로 가라앉았다.

사실 지난 2, 3차 몬스터 웨이브 때는 너무도 많은 피해가 있었기에, 언론 보도를 들은 사람들이 많은 충격을 받기도 했다.

그러나 이번 4차 몬스터 웨이브 때는 일반인들의 피해가 전무했을뿐더러, 헌터들이나 군의 피해도 2, 3차 몬스터 웨이브 때에 비하면 조족지혈이었다.

그나마도 게이트 너머의 뉴 어스나 이북 지역에서 일어난 피해였으니 사람들이 그 위험성을 잘 깨닫지 못하는 것도 그리 이해할 수 없는 상황은 아니었다.

거기다 북한 지역을 점령했던 몬스터도 모두 몰아내거나 잡아서 수복하지 않았는가?

그와 맞물려 연일 북한 지역 개발로 얻을 수 있는 경제 효과까지 나오자, 사람들 사이에서는 더 이상 몬스터는 두려운 존재가 아니란 인식이 팽배해졌다.

✝   ✝   ✝

뚜벅뚜벅.

정진은 홀로 조용한 아케인 빌딩 복도를 걷고 있었다.

하지만 정적이 흐르는 복도와는 달리, 그의 머릿속은 무척이나 어지럽고 복잡했다.

4차 몬스터 웨이브 당시, 뉴 서울이나 뉴 대전, 엠페러 제1, 2쉘터뿐만 아니라 평양 게이트에서 쏟아진 몬스터들까지 막아내기 위해 쉬지도 않고 돌아다니며 움직였다.

이제 아케인 클랜과 그의 명성은 대한민국을 넘어 해외로 뻗어나가고 있었다.

그런데 모난 돌이 정을 맞는다고 했던가?

너무도 잘난 능력, 매직 웨폰과 포션이란 엄청난 아티팩트를 생산하는 헌터 클랜과 그곳의 클랜장이란 사실이 알려지자 환호하는 사람도 많았지만, 시기하거나 이를 이용하려는 사람도 늘어났다.

물론 그런 것만으로 머리가 복잡한 것은 아니었다.

지금 정진은 그런 부분에는 미처 신경 쓸 여력도 없을 만큼 귀찮은 상황에 놓여 있었다.

[정진. 마력로 출력에 대한 새로운 수식을 짜보았다.]

정진이 이렇게 골치를 앓고 있는 것은 다름 아니라 그의 목에 걸려 있는 목걸이 때문이었다.

아니, 정확하게는 목걸이에 걸려 있는 소울 스톤에 봉인된 로난 아케인 때문이라고 하는 게 맞을 것이다.

몬스터 웨이브가 시작되기도 전부터 로난은 끊임없이 정

진에게 정신 감응으로 타이탄에 대한 이야기를 해왔다.

원래부터 타이탄 개발자였던 로난은 몬스터 웨이브를 준비하는 동안 대 몬스터 병기인 매직 웨폰이나 아머드 기어 등을 보게 되자, 타이탄 개발에 대한 이야기를 꺼내며 정진을 괴롭히기 시작했다.

하지만 4차 몬스터 웨이브가 가까웠기에 정진은 이런 로난의 제안을 일언지하에 거절했다. 언제 몬스터가 몰려올지 모르는 상황에서 타이탄에 신경 쓸 여력이 없었던 것이다.

정진은 로난에게 몬스터 웨이브가 끝난 뒤 얘기하자고 애써 이야기를 미뤄두었다.

그리고 몬스터 웨이브가 끝난 지금, 로난은 연일 정진에게 약속을 지키라며 머릿속으로 계속 타이탄에 대한 얘기를 늘어놓고 있었다.

물론 정진도 아케인 제국의 마도 공학에서는 배우지 못한 대 몬스터 병기인 타이탄을 연구해 보고 싶은 마음이 있었다.

다만 그의 여건이 그런 생각을 하지 못할 정도로 너무 바쁘다는 게 문제였다.

정부에서 몬스터에게서 수복한 이북 지역에 건설할 대규모 도시형 쉘터를 의뢰한 것이다.

정부가 의뢰한 쉘터는 그동안 아케인 클랜에서 건설한 규모의 쉘터가 아니었다. 그 규모만 200배 차이가 나는, 10만 명까지 수용할 수 있는 초대형 쉘터를 만들어 달라는 의뢰였다. 그러니 도무지 타이탄을 연구할 시간이 없었다.

그 시간에 기존의 쉘터 시스템을 연구하여 10만 명을 수용할 수 있는 대형 마법진을 설계해야만 했다.

그러니 아무리 로난이 요구한들 타이탄을 연구할 시간이 나지 않는 것이다.

그럼에도 로난은 정진의 사정을 이해하지 못하고 계속해서 약속을 지키라고만 하고 있었다. 정진은 피곤함을 느낄 수밖에 없었다.

[정진! 어째서 나와의 약속을 지키지 않는 건가? 분명 말하지 않았나. 몬스터 웨이브를 막아내면 시간이 나니, 그때 나와 함께 타이탄을 연구하겠다고.]

정진이 걸고 있던 목걸이의 보석이 또다시 반짝이며, 머릿속에 로난 아케인의 목소리가 들려왔다.

정진이 지친 목소리로 대답했다.

"그렇지, 로난. 분명 나는 몬스터 웨이브를 막아내고 시간이 나면 연구를 하겠다고 했어."

[그런데 왜 약속을 지키지 않나?]

"그래, 시간이 나면 연구를 하겠다고 말했잖아? 하지만 로난, 지금 내 모습을 봐. 네가 볼 때 지금 내가 시간이 남아도는 것으로 보여? 난 정부의 의뢰로 최대한 빠른 시일 내에 10만 명 이상이 거주할 수 있는 도시를 만들어야 한다. 그것도 마법진을 응용해서 외부의 위협으로부터 도시 자체적으로 방어가 가능한 마법 도시를 말이지."

정진이 다시 한 번 설명했다.

[국왕이 새로운 왕도를 건설하라고 했다는 말인가?]

"저번에도 말했지만, 우리나라는 왕정이 아니다. 국민들의 투표로 대표들을 선출하는 민주국가지. 그러니 왕도를 건설하는 게 아니야. 나는 나라로부터 의뢰를 받은 거다."

정진은 한숨을 내쉬면서도 로난에게 자신의 상황에 대해 자세히 설명했다.

"내가 살고 있는 지구에는 마도학이 존재하지 않는다. 나는 유일한 마도사나 마찬가지야. 그러니 네가 있던 아케인 왕국의 왕도와 같은 마법 도시를 건설하기 위해서는 나 혼자 모든 일을 해야만 한다. 그래서 지금은 도저히 타이탄을 연구할 시간이 나질 않아."

[그럼 그것만 완성되면 나와 약속한 대로 타이탄을 연구할 건가?]

고집스러운 로난도 지친 기색이 역력한 정진의 목소리를 듣자 조금 미안했는지, 더 이상 타이탄 개발을 막무가내로 주장하지 않고 타협안을 제시했다.

"그래, 난 사실 네가 새로 건설할 마법 도시의 마법진 설계를 도와줬으면 한다. 그럼 좀 더 빨리 의뢰를 끝낼 수 있을 것이고, 타이탄을 연구할 수 있는 시간이 생길 테니까."

[…….]

정진이 말하자, 로난은 뭔가 생각을 하는지 대답하지 않고 침묵에 잠겼다.

갑자기 대화가 끊기자 정진은 가던 걸음을 멈추고 자신의 목에 걸린 목걸이를 쳐다보았다.

잠시 후, 로난의 목소리가 돌연 들려왔다.

[정진, 전에 마탑에서 가져온 문서 중 A—K를 찾아봐라.]

정진은 전에 몬스터 웨이브의 전조인 몬스터 증발 사태에 대해 조사하기 위해 각 4대 금지를 조사했다.

그중 죽음의 협곡을 조사하면서 우연히 발견한 던전에서 만난 것이 바로 로난이다.

로난이 말하는 마탑은 바로 그 던전을 말하는 것이었다.

조사 당시 정진은 마탑을 지키고 있던 로난과 인연을 맺으면서 로난의 의식이 잠들어 있는 목걸이와 함께 마탑에 있던 많은 유물들을 가져올 수 있었다.

고대 아케인 왕국의 마법사들이 연구에 몰두하던 그 마탑에는 옛 마법사들이 남긴 많은 서적과 연구 문서들도 있었고, 정진은 그 자료들도 모두 보관하고 있었다.

뉴 어스에 문명이 멸망하고 시간이 한참이나 지났는데도 그 문서와 서적은 온전한 형태로 보존되어 있었다.

그것들이 지금까지 온전하게 보존될 수 있었던 것은 모두 보존 마법이 걸려 있기 때문이었고, 또 로난 아케인이 존재했기 때문이었다.

만약 로난이 존재하지 않았다면 아마 많은 문서와 서적들이 세월이 흐르고 보존 마법이 기능을 상실하면서 형태를 잃었을 것이다.

마탑 전체에는 보존 마법이 걸려 있고, 로난이 지금까지 그것을 유지를 하고 있었기에 모든 자료들이 완전한 형태로 보존될 수 있었다.

로난이 말한 A—K 문서는 바로 아케인 왕국의 왕도를 건설할 때 사용된 설계도였다.

[아케인 왕국의 왕도를 건설할 때 마탑이 설계한 마법진에 대해 적혀 있다. 왕도에 설계된 마법진은 최대 8서클의 마법까지 방어할 수 있도록 되어 있지. 우리 아케인 왕국 마도사들 최고의 역작 중 하나다.]

자부심 가득한 로난 아케인의 말이 들렸지만 정진의 귀에는 그 목소리가 전혀 들리지 않았다.

조금 전 로난이 말한 아케인 왕국의 왕도를 둘러싼 마법진의 설계도란 데 관심이 모두 쏠려 있었기 때문이었다.

"왕도의 설계도라고?"

[그렇다. 조금 전에 말한 A—K라고 적힌 문서를 찾아보면 왕도의 방어를 위해 만들어진 마법진의 형태와 규모 등이 모두 들어 있을 것이다.]

정진이 확인차 되묻자 로난은 별로 귀찮아하지 않고 대답해 주었다. 아케인 왕국의 유물인 마법진에 대한 자부심이 상당한 듯했다.

정진은 고개를 끄덕인 뒤 조금 전과는 비교할 수 없을 정도로 빠르게 걸음을 옮기기 시작했다.

정진이 향하는 곳은 바로 신림동 게이트였다.

마탑에서 습득한 유물들과 모든 자료들을 아케인 아카데미에 가져다 두었기 때문이다.

✝   ✝   ✝

부스럭부스럭!

정진은 아케인 아카데미의 보관실에 있었다.

죽음의 협곡에 있는 마탑에서 찾아낸 문서나 서적 등을 모두 그곳에 보관해 두었기 때문이다. 보관실에는 원래 아카데미에 있던 자료들에 마탑의 자료들, 정진이 만들어서

보관한 자료들까지 있어 아주 복잡했다.

원래 아케인 아카데미에는 따로 문서를 보관하는 장소가 없었다.

고도로 발달된 마도 공학을 가지고 있는 고대 아케인 제국의 마도는 굳이 종이로 정보를 전달할 필요가 없기 때문이었다.

소울 스톤을 이용해 마법사가 설계한 마법을 이미지화하여 저장하고 전달하면 더 간편한데 굳이 귀찮게 종이로 문서를 만들겠는가? 그렇기 때문에 아케인 아카데미의 보관실은 서면으로 된 문서를 보관하는 게 아닌, 소울 스톤을 보관하기 위한 장소였다.

정진은 클랜에서 발굴한 던전이나 헌팅을 하다 발견된 자료들, 자신의 연구 자료들을 소울 스톤들과 함께 보관하기 위해 보관실의 공간을 확장해서 도서관처럼 꾸며놓고 있었다.

이렇게 모인 문서나 서적들은 아카데미 학생들과 클랜원들의 연구를 통해 클랜을 보다 강력하게 키울 밑거름이 되고 있다.

부스럭부스럭!

"어디에 있는 거야?"

한참을 서류 더미와 싸우고 있었지만 워낙 모인 자료가

많아 쉽게 찾지 못하고 있었다.

[잠깐, 정진.]

"왜?"

[조금 전에 넘긴 문서를 잠시 다시 한 번 살펴봐라.]

"조금 전? 이걸 말하는 거야?"

정진은 한쪽에 내려놓았던 서류를 들고 그것을 살펴보았다.

조금 전에 자신이 확인한 문서였다.

그렇지만 그 문서는 A—K 문서가 아니었다.

"이건 네가 말한 설계도가 아닌데?"

정진은 자신이 잘못 본 것인가 확인하기 위해 문서를 살펴보았지만 어느 곳에도 아까 로난이 말한 A—K라는 표시는 없었다.

[왕도의 설계도는 아니지만… 그건 프로스트 대공 전하의 공도(公都) 설계도다.]

로난은 프로스트 대공의 공도 또한 아케인 왕국의 왕도와 비견되는 훌륭한 마법진이 설치되어 있는 곳이었다고 설명했다.

"왕도와 비견되는 도시의 설계도라고?"

명칭이 조금 이상하긴 했지만 도시 방어 마법진의 설계도만 맞다면 왕도의 설계도이건 다른 설계도이건 정진에게는 상관없었기에 로난에게 되물었다.

[그렇다. 프로스트 대공 전하는 아케인 왕국 제3대 국왕 폐하인 레오 폰 악수스 아케인의 동복동생이시지. 그 문서는 그분의 영지인 프로스트의 마법 방어진 설계도다.]

로난의 설명을 듣자 정진의 눈이 반짝였다.

비록 로난이 살던 아케인 왕국의 작위는 자세히 알지는 못하지만 마도 제국 아케인의 작위와 비교하는 것은 가능했다.

대공이라면 왕의 동생이나 형 등에게 내려지는 가장 높은 작위다.

즉, 로난이 말한 것처럼 왕족이나 황족 중에서 왕위나 황제의 자리에 오르지 못한 이들에게 내려지는 작위였다.

아케인 왕국은 잘 모르겠지만, 아케인 제국에서 대공은 상당한 권력을 가지고 있을 뿐만 아니라 따로 공국이라 칭하는 영지를 가지고 있었다. 영지는 따로 공국이라 했으며 외국과의 외교권을 제외한 모든 것을 독립적으로 이룰 수 있었다.

대공의 영지에 설치되었던 마법진이라고 하면 왕도의 것 못지않은 크기일 테고, 상당한 방어력도 가지고 있을 것이다.

정진은 정신을 차리고 문서를 자세히 살펴보았다.

'흠… 8클래스 초반의 마법도 몇 가지는 막아낼 수 있을 것 같군.'

대충 살펴보았을 뿐이지만 얼마나 뛰어난 마법진인지 가늠하기는 그리 어렵지 않았다.

다만 프로스트 공도의 마법진은 온전히 방어를 위해 설계된 것이었다. 때문에 방어력은 뛰어나지만, 도시를 공격해 오는 적을 상대할 수 있는 건 아니었다.

최선의 방어는 공격이다. 적이 나를 공격하기 위해 바로 앞까지 다가왔는데 방어만 하고 있다면, 상황에 따라 오히려 위기에 처할 수도 있었다.

몇 가지만 보완한다면 아케인 셸터에 적용한 마법진처럼 자체적인 공격을 하는 것도 충분히 가능할 것이다.

정진은 고개를 끄덕이며 프로스트 공도의 마법진 설계도를 잘 챙겨 넣었다.

"로난."

[왜 그러나? 정진.]

"이 프로스트 공도의 마법진 설계를 좀 보완해 보려고 해. 방어만 하는 게 아니라, 마법진에서 만들어지는 에너지를 바탕으로 도시에 쳐들어오는 적을 공격할 수도 있도록 말이야. 좀 도와주겠어?"

[이걸 도와주면, 타이탄을 연구하는 것이 더 빨라질 수

있나?]

로난의 관심사는 오로지 타이탄의 연구뿐이었다.

"물론이지. 아까도 네게 말했지만 이번 도시 건설만 완료되면 타이탄을 연구할 생각이다."

정진은 그동안 자신의 능력이나 아케인 클랜의 능력이라면 굳이 아머드 기어나 타이탄이 필요 없다는 생각을 하고 있었다.

하지만 중국에서 전해진 타이탄의 활약을 듣자 조금 생각이 달라졌다.

대한민국에서 3대 클랜으로 불리는 아케인 클랜은 헌터 협회나 정부와 긴밀한 관계를 맺게 되면서 얻는 정보가 일반 헌터 클랜이 듣는 것보다 더 정확했다.

정진은 중국에서 선전하는 타이탄이 바로 자신이 6년 전 참여했던 흰머리산 던전에서 발견한 그 세 기의 타이탄 중 하나라는 것을 알게 되었고, 또 그 타이탄이 워리어급 타이탄임을 로난으로부터 듣게 되자 타이탄에 대한 생각을 다시 하게 되었다.

타이탄은 솔져, 워리어, 나이트, 챔피온, 로드로 분류되는데, 뉴 어스의 인간들이 만든 타이탄 중에서는 챔피온급이 최고였다.

그 위의 로드급 타이탄은 단 한 기, 이종족인 드워프와 엘프가 인간들의 타이탄과 대항하기 위해 손잡고 만든 골든 나이트 타이탄뿐이었다.

최초로 타이탄을 개발한 것은 로난을 비롯한 아케인 왕국의 마법사들이다.

그러나 최고의 타이탄 개발 기술을 가지고 있다는 자부심에 차 있던 그들의 콧대는 골든 나이트 타이탄에 의해 무너졌다.

이후 아케인 왕국 마법사들은 골든 나이트를 능가하는 타이탄을 개발하기 위해 노력했으나, 아무리 용을 써도 그 이상의 타이탄을 만들어낼 수 없었다.

골든 나이트 타이탄의 마력로에 드래곤 하트가 들어갔다는 소문을 듣고 어렵게 드래곤 하트의 일부를 찾아내 만들어보기도 했지만, 소용이 없었다.

아무리 왕국의 역량을 총동원하여 같은 재료를 찾아 집어넣었다고 하지만, 이종족인 드워프의 기술력은 따라갈 수 없었던 것이다.

물론 기존의 챔피온급 타이탄들보다 뛰어난 성능을 냈지만, 들어간 재료에 비해 월등한 차이를 내지도 않았으며 골든 나이트에는 한참을 못 미쳤던 것이다.

왕국이 흑마법사들과 생존을 건 전투를 지속하고 있을 때조차 로난이 마탑에 처박힌 채 연구를 지속했던 것은 그 때문이었다.

뛰어난 타이탄을 만들어내겠다는 일념은 로난의 인생을 건 목표와 같았다.

전쟁 중 갑자기 침입한 흑마법사들로부터 벗어나기 위해 마탑을 통째로 봉인하면서 함께 로난은 연구할 사람도, 만들어낸 타이탄을 이용할 기사도 없이 오랜 시간을 홀로 연구만 하며 지냈다.

정진과 만난 후로 로난이 타이탄 연구를 함께하자고 계속 고집을 피우는 것은 그 탓이었다.

혼자서 타이탄을 연구하는 것에 한계를 느낀 로난은 새로운 영감을 받고 싶어 했다.

[그렇군. 네 연구에 협력하겠다. 걱정하지 마라.]

로난은 정진을 도와 마법진을 완성하는 것이 자신의 연구에 도움이 될 것이란 생각에 협력하기로 하였다.

✝   ✝   ✝

8클래스 마도사인 정진과 9서클인 로난이 서로 협력을 하니 그 시너지 효과는 상상 이상이었다.

비록 마도 제국으로 이름 높던 아케인과 후대인 아케인 왕국의 마법 체계는 서로 조금은 달랐지만 마법이라는 큰 의미에서는 서로 일맥상통했다.

정진은 로난과 함께 프로스트 대공의 공도에 설치한 도시 방어 마법진을 연구하면서 적잖은 깨달음도 얻었다.

물론 그렇다고 그 깨달음이 9클래스로 진입할 수 있을 정도의 깨달음은 아니었다.

마도의 궁극인 9클래스에 들어서는 것은 아직은 요원한 일이었다.

하지만 그렇다고 아주 도움이 되지 않은 것은 아니었는데, 그동안 활용하던 낮은 클래스의 마법들을 예전보다 적은 마력으로 쉽게 시전할 수 있게 된 것이 바로 그 소득이었다.

정진이 이렇게 이전보다 적은 마력으로 마법을 시전할 수 있게 된 데에는 서클 마법에 대한 마법 체계를 이해한 것이 주력했다.

마도 제국 아케인이 마도에 일가를 이룬 9클래스 세이지들의 분쟁으로 멸망하면서 뉴 어스에 풍부하던 마나들도 많이 소실되었다.

그러나 세월이 흐르고 뉴 어스에 새롭게 인류가 등장하고 문명이 꽃피면서 마도는 다시 한 번 뉴 어스에 등장하였다.

하지만 마나가 이전보다 부족해진 뉴 어스에서 새로 문명을 이룩한 인류의 마법은 마도 제국 시대의 마법보다 훨씬 위력이 미약했다.

아케인 제국의 세이지들이 서로 자신들의 주장을 관철시키기 위해 벌인 전쟁으로 뉴 어스의 세계가 불안정해지고 차원을 나누던 경계도 흔들리면서 타 차원의 존재가 뉴 어스에 등장하였다.

인류를 위협하는 존재들인 맹수와 몬스터, 그리고 무시무시한 이능을 가지고 있는 타 차원의 흉폭한 존재들을 막아야 했던 새로운 인류는 연구에 연구를 거듭해 서클 마법 체계를 완성했다.

모든 타 차원의 존재들이 뉴 어스의 인류를 위협한 것은 아니었다.

몇몇은 뉴 어스인들의 삶을 불쌍히 여겨 도움을 주는가 하면, 어떤 존재들은 뉴 어스의 인류를 유혹하고 혼란을 야기했다.

이들로부터 뉴 어스를 방어하던 인류는 그 과정에서 부족한 마나를 이용하는 방법을 발견하게 되었다.

그리고 타 차원의 존재에게 도움을 받아 그 체계를 완성한 것이 바로 이 서클 마법 체계였다.

완성된 서클 마법은 클래스 마법과 그 궤를 달리했다.

클래스 마법이 월등한 마력을 축적해 그것을 바탕으로 마법을 실행한다면, 서클 마법은 외부의 마나를 유입해 마력으로 변환시켜 적은 마력으로도 필요한 마법을 완성할 수 있었다.

두 마법 체계 중 어느 것이 더 낫다고는 단정 지을 수 없었다.

바로 둘 다 확연한 장단점을 갖고 있기 때문이었다.

아케인 제국의 클래스 체계는 마법을 시행하는 데 있어 본인이 가지고 있는 마력만을 사용하기에 자신의 클래스보다 높은 마법은 사용할 수 없다.

그에 반해 서클 마법의 경우, 비록 서클이 낮은 마법사라도 바로 한 단계 위의 마법을 주변의 도움이나 보조 재료를 이용해 시전할 수가 있었다. 외부로부터 마나를 끌어올 수 있기 때문이다.

물론 서클 마법도 장점만 있는 것은 아니다.

본인의 서클 이상의 마법을 펼쳐야 하기 때문에 자칫 잘못하면 마법 시전에 실패할 확률이 높기 때문이다.

뿐만 아니라 서클 이상의 마법을 사용하는 것은 시전자의 원기를 손상시킬 수 있었다. 그렇게 되면 심장에 생성한 서클에 악영향이 일어날 가능성이 컸다.

서클 마법과 비교할 수 있는 클래스 마법의 장점 또한 있었다.

알기 쉬운 예를 들면, 클래스 마법은 물이 가득 들어 있는 물탱크에 호스를 연결해 불을 끄는 것과 같다.

즉, 이미 몸 안에 축적한 마나를 이용해 바로 마법을 시전하는 것이기 때문에 시전 속도가 빠르고 위력도 강했다. 탱크에 담긴 물을 바로 끌어다 불을 끌 수 있는 것과 같다.

같은 예로 서클 마법은 탱크에 물이 부족하여, 외부의 다른 곳에서 물을 끌어와 합쳐서 불을 끄는 것과 같았다. 즉, 물을 끌어올 시간도 필요하고 물줄기도 약했다.

서클 마법 체계로 완전한 마법을 시전하기 위해서는 클래스 마법에 비해 오랜 시간이 필요하고, 클래스 마법 체계로 시전한 같은 마법보다 위력이 약할 수 있었다.

서클 마법 체계에 대해 로난과 이야기를 나누면서 정진은 마법에 대한 이해를 넓힐 수 있었다.

"그래서 거대한 도시 전체를 감싸는 마법진도 발전한 거로군."

위력은 떨어지지만 외부로부터 마나를 끌어다 쓸 수 있는 서클 마법 체계는 넓은 도시 전체를 적은 마력으로 방어할 수 있다는 장점이 있었다.

정진은 로난과의 연구를 통해 아카데미의 보관실에서 찾아낸 마법진 설계도를 개량할 수 있었다.

[이제 완성되었으니 타이탄을 연구할 수 있는 것인가?]

로난은 정진의 말이 떨어지기 무섭게 정진에게 말을 걸

었다.

"아직은 아니야. 우리가 완성한 이 마법진의 설계도를 바탕으로 도시 하나를 완성시키고, 그것이 제대로 작동하는지 살핀 뒤에 타이탄을 연구할 시간을 낼 수 있어."

정진이 조급해하는 로난을 달래듯 말했다.

이는 정진 개인이나 클랜 차원의 연구가 아니다. 혹시나 개량한 마법진에 오류가 있거나 변수가 발생한다면 큰 문제가 생길 수도 있었다.

때문에 정진이 직접 현장에서 도시 건설과 마법진 설치를 지켜봐야 할 필요가 있었다.

마법진이란 것은 아주 작은 변수에도 실패할 수 있는 민감한 것이다.

더욱이 10만 명을 수용하는 거대한 도시에 들어갈 마법진이다.

즉, 마법진의 크기가 기존에 건설하던 쉘터와는 비교할 수 없이 거대하기에 다른 사람에게 맡겨둘 수가 없었다.

[알았다. 그럼 난 네가 시간이 날 때까지 기다리겠다.]

로난이 그렇게 말을 끝내고 조용해지자, 정진은 잠시 그가 봉인된 목걸이를 내려다보다 조금 전 재설계를 마친 도시 방어 마법진의 설계도를 다시 집어 들었다.

"마법진은 준비되었고… 어느 곳에 맡겨야 실수 없이 이

대로 설계할 수 있을까?"

정진은 도시 방어 마법진을 계속해서 살피며 고심하기 시작했다.

마법진이야 자신이 설계할 수 있지만 건설은 또 다른 문제였다.

아케인 쉘터처럼 작은 규모의 건설이라면 외부의 도움 없이 아케인 클랜이 자체적으로 건설할 수 있겠지만 도시 건설은 아니었다.

전문적인 건설 업체의 도움이 필요하다.

그것도 단순한 건설 기술을 가지고 있는 업체가 아니라, 최고의 건축 기술을 가지고 있는 대형 건설 사의 도움이 말이다.

더욱이 정부의 의뢰도 단지 도시 하나에 국한된 것이 아니었다. 북한 지역 전체에 대한 개발을 해야 하는 것이니 단순하게 생각할 수가 없었다.

그렇게 한참을 고심하던 정진은 뭔가 결심한 것인지, 도시 방어 마법진의 설계도를 가지고 방을 나섰다.

신림동 아케인 빌딩.

"정 사장님?"

"음?"

회의실로 안내받아 걸음을 옮기던 정성구 사장이 뒤를 돌아보았다.

그 자리에는 막 다른 엘리베이터를 타고 도착한 오성 건설의 이운재 사장이 있었다.

"성대 건설에서도 아케인 클랜의 요청으로 오신 겁니까?"

이운재 사장이 정성구에게 먼저 악수를 건넸다. 서로 안면이 있는 두 사람은 반가운 듯 인사를 주고받았다.

"예. 오성 건설도 그런 모양이군요. 아케인 클랜에서 갑자기 건설 사에 연락하다니, 예의 그 이북 지역 건설 문제인 걸까요? 이 사장님은 뭔가 들으신 게 있나요?"

"글쎄요, 연락받았을 때는 특별한 언급은 없었습니다."

성대 건설의 정성구와 오성 건설의 이운재는 동갑에다가, 서로 라이벌인 성대 그룹과 오성 그룹의 후계자였다.

회의실로 보이는 장소에 들어와 앉으면서도 정성구와 이운재는 서로 미소를 띤 채 계속 상대의 반응을 주시하고 있었다.

똑, 똑.

그때, 노크 소리와 함께 닫혀 있던 문을 열고 새로운 사람이 회의실로 들어왔다.

정성구와 이운재는 당연히 정진을 비롯한 아케인 클랜 사람들로 생각하고 돌아보았으나, 그는 정진이 아니었다.

"실례합니다."

문을 열고 들어온 사람은 아케인 클랜의 관계자가 아닌 신세기 엔지니어링의 사장인 김용재였다.

"김 사장님도 정정진 클랜장을 만나러 오셨습니까?"

"이거, 저보다 두 분이 먼저 오셨네요."

김용재는 정성구의 질문에 대답하지 않고 미소 지었다.

"그런데 우리야 건설 사를 가지고 있으니 북한 지역 도시 건설 의뢰를 받은 아케인 클랜에서 부르는 것이 이해가 가지만, 신세기 엔지니어링은 이곳에 어쩐 일입니까?"

이운재가 의미심장한 얼굴로 묻자, 김용재가 손사래를 쳤다.

"저도 무슨 일로 저희 회사에 의뢰할 것이 있다고 하는지는 아직 듣지 못했습니다. 그래서 직접 이곳을 찾아온 겁니다."

회의실 내는 서로 견제하는 듯한 분위기로 팽팽했다.

하지만 사실 김용재는 긴장된 분위기에도 내심 별로 신경 쓰지 않고 있었다.

그가 이렇게 두 사람을 편하게 대할 수 있는 이유는 따로 있었다.

아케인 클랜의 클랜장인 정진과 신세기 그룹 오너인 백동한 회장의 외동딸인 백장미가 깊은 관계란 것을 알고 있기 때문이었다.

이곳을 찾기 전 백동한 회장으로부터 직접 들은 이야기도 있었다.

덕분에 김용재는 다른 두 사람에 비해 조금 가벼운 마음으로 아케인 클랜을 찾을 수 있었던 것이다.

서로를 견제하는 분위기와는 달리 일견 화기애애한 대화가 10분쯤 이어졌고, 그것이 더 무서웠다.

그제서야 그들이 기다리던 사람이 회의실에 나타났다.

"손님을 불러놓고 제가 좀 늦었군요. 정말 죄송합니다."

정진은 방으로 들어가자마자 먼저 와서 기다리고 있던 세 사람에게 고개를 숙여 보였다.

"아닙니다. 그런데 무슨 일로 저희를 이렇게 아케인 클랜까지 부르신 겁니까?"

"이해해 주셔서 감사합니다. 제가 바쁘신 줄 알면서도 만나뵙고자 한 것은 다름이 아니라, 이북 지역의 도시 건설 문제 때문입니다. 사장님들께서도 우리나라가 새로 수복한 영토에 관심이 있으실 거라고 생각합니다."

예상했던 화제가 나오자, 세 사람은 그럴 줄 알았다는 듯 고개를 끄덕였다.

"정부에서 저희 아케인 클랜의 뉴 어스 쉘터와 몬스터 웨이브 방어전에서의 거점 건설을 눈여겨본 모양입니다. 기존과는 다른 획기적인 시스템이니만큼, 새로 건설하게 될 북한 지역의 도시 건설에 해당 시스템을 적용한 설계를 해주었으면 한다고 의뢰해 왔습니다."

설명을 이어가던 정진이 들고 있던 서류를 각 회사 사장들에게 나누어 주었다.

"이게 저희 아케인에서 개발한 시스템을 적용한 도시의 설계도입니다. 더 많은 인원을 수용할 수 있도록 개량이 끝난 상태입니다. 다만 규모가 워낙 크고, 처음 시도하는 어려운 설계이다 보니 저희 클랜이 단독으로 진행하기는 무리가 있다고 봅니다. 사장님들을 모신 건 도시 건설에 각 사의 도움을 청하고자 함입니다."

세 사람은 각자 정진이 건네준 서류를 꼼꼼히 살펴보았다.

"정부에서 의뢰한 것은 정확히 10만 명 이상을 수용할 수 있는 대규모 쉘터입니다. 물론 아케인에서 건설한 여느 쉘터들과 마찬가지의 방어 시스템이 적용된 도시입니다."

"이게 가능한 겁니까?"

설계도를 살펴본 정성구 사장이 정진을 시험하듯 물었다.

사실 이것은 의례적인 질문에 가까웠다.

정성구가 생각하기에 아케인 쉘터에 적용된 시스템은 정말 획기적이고, 앞으로의 가능성이 무궁무진한 세기의 발견이었다.

뉴 어스에 있는 아케인 쉘터에는 그도 직접 방문한 적이 있었다.

전체적으로 목재를 이용한 모습은 현대적인 풍경이라고는 할 수 없었지만, 쉘터 최대 수용 인원인 500명이 모두 아주 편리하고 쾌적한 생활을 누릴 수 있었다.

더욱 놀라운 것은 쉘터 내에 필요한 모든 자원이나 기술이 지하에 설치되어 있는 마법진과 연동되어, 하나의 유기체처럼 작동한다는 것이었다. 아케인 쉘터는 쉘터 내적으로 필요한 모든 에너지를 자체 생산할 수 있었다.

거기에 쉘터 외부에까지 영향을 미칠 수 있는 마법을 내부에서 시전할 수 있으니, 꿈의 건설 기술이라고 할 수 있을 정도였다.

사실 뉴 어스에서 아케인 클랜이 쉘터를 건설하고 있을 때는 놀라워하는 동시에, 이를 어떻게 이용할 수 있을지만 생각했다.

하지만 이후 정부가 아케인 클랜에 도시 건설을 의뢰했다는 소식을 접했을 때, 정성구를 비롯한 건설 회사 사장들은 모두 바짝 긴장해야만 했다.

아케인의 건설 사업이 지구로 확장되고, 더욱이 대규모 건설도 가능하다고 한다면 자신들의 자리를 위협하는 강대한 적이 등장한 것이라고 할 수 있기 때문이다.

기존의 건설 기술로는 절대 아케인 클랜의 행보를 따를 수 없게 될 것이다.

정성구와 다른 두 사장은 직감적으로 이 자리에서의 결정이 자신들은 물론 회사의 운명을 좌우할 것임을 느끼고 있었다.

"물론 가능합니다. 그렇기에 제가 사장님들을 모신 겁니다."

정진은 자신감 있는 표정으로 단호하게 고개를 끄덕였다.

그 말을 들은 세 사람도 보다 적극적으로 손에 든 설계도를 검토하기 시작했다.

아케인 클랜과 이 사업을 함께한다는 것은 그들에게 큰 의미일 수밖에 없었다.

정진이 자신들에게 이런 제안을 했다는 건 단순히 이번 사업을 함께 진행하자는 말 이상의 의미가 있다고밖에 생각할 수 없기 때문이다.

정황상 이것은 아케인 클랜에서 행보를 같이 하자고 먼저 손을 내민 것이나 다름없었다.

정준구 사장을 비롯한 세 사람은 모두 어떻게 하면 이 상황을 잘 이용해 회사의 발전을 가져올 수 있을지 부지런히 머리를 굴리기 시작했다.

다른 것도 아닌, 북한 지역 전부를 개발하는 어마어마한 프로젝트다.

도시 하나 개발하는 것도 엄청난 예산이 필요한데, 도시 정도가 아니라 나라 하나를 다시 건설하는 일이니 그 이득은 감히 계산할 엄두가 나지 않을 정도로 엄청날 것이 분명했다.

그야말로 사상 초유의 빅딜이었다.

"정부가 요구하는 것을 충족시킬 수 있는 도시를 건설하기 위해선 이게 가장 중요합니다."

정진은 테이블 위에 올려두었던 마법진의 설계도를 세 사람 앞으로 내밀었다.

"흠……."

가운데 앉아 있던 정성구 사장이 설계도를 들어 살펴보았다.

물론 본다고 해서 알아볼 수는 없었지만, 그렇다고 검토해 보지 않을 수도 없는 일이었다.

정성구는 잠시 도시 방어 마법진의 설계도를 살피다 바로 옆자리에 앉아 있는 오성의 이운재 사장에게 넘겼다.

그렇게 이운재 사장이 살피고, 다시 신세기 엔지니어링의 김용재 사장이 그것을 넘겨받았다.

"음……."

도시 방어 마법진을 살피던 김용재 사장의 표정은 다른 두 사람에 비해 조금 미묘했다.

사실 그는 이미 아케인 클랜의 의뢰를 받아 이와 비슷한 형태의 물건을 만든 기억이 있었다.

정교한 도형 속에 의미를 알 수 없는 문양이 들어 있는 커다란 판이었다.

지름 20m에 이르는 원형의 금속 판 위에, 흔히 다윗의 별이라 부르는 삼각형을 겹쳐 만든 육각의 도형, 그리고 그 속에 다시 복잡한 작은 도형들과 문양들을 한 치의 오차도 없이 정교하게 새긴 것이었다.

그런데 지금 보고 있는 설계도에 쓰인 단위는 전에 보았던 것과는 비교가 되지 않을 정도로 거대했다.

설계도에는 곳곳에 표시가 되어 있고, 부연 설명으로 그 자리에 들어갈 건물의 용도와 높이 등이 기재되어 있었다.

"이거 혹시… 전에 저희 회사에 의뢰를 하신 그것과 같은 겁니까?"

김용재는 혹시나 싶은 생각으로 물어보았다.

전에 아케인 클랜에서는 쉘터에 들어가는 마법진을 대량

생산하기 위해 백장미를 통해 신세기 엔지니어링에 제작 의뢰를 했다.

마법진을 제작할 때는 한 치의 실수도 용납이 되지 않기에 정확하게 마법진을 그리고 마법 재료를 사용해 그대로 제작할 수가 있어야 한다.

뉴 어스에서는 그렇게 정교하게 똑같이 그릴 수 있는 기술이 없기에 마법사들이 직접 마법진을 그려야 하지만, 현대의 지구에는 굳이 마법사가 아니더라도 마법사보다 더 정확하게 그릴 수 있는 방법이 있었다.

바로 컴퓨터를 이용한 작업이었다.

컴퓨터와 로봇을 이용해 마법진을 그리면 단 한 치의 오차도 없이 정교하게 마법진을 그릴 수 있었다.

그래서 국내에서 가장 기술력이 있는 회사 중 안면이 있는 신세기 엔지니어링에 아케인 쉘터의 핵심이 되는 마나 집접진이 들어간 판을 의뢰했던 것이다.

"네, 그렇습니다. 다만 그 크기가 너무 커서 한 번에 제작할 수는 없을 겁니다."

정진의 대답에 김용재와 다른 두 사장도 왜 건설 회사가 아닌 신세기 엔지니어링이 이 사업에 참여하는지 이해할 수 있었다.

이북 지역에 건설할 도시는 거대한 마법진 위에 들어갈

예정이었다.

도시 내 모든 건물들은 마법 문자인 룬의 형태에 맞게 건설될 것이고, 룬이 들어가야 할 자리에는 공원 등의 부지를 분포시켜 보다 설치하기 쉽도록 배치했다.

물론 마법진을 움직이기 위한 동력원이 되는 마정석의 위치도 제대로 표시되어 있었다.

10만 명을 수용해야 하는 만큼 마정석의 소요도 엄청났다.

"이 설계도를 보면 가장 바깥쪽에 있는 큰 원의 지름은 5㎞입니다. 그리고 굵기는 50㎝, 두께는 3㎝로 부탁드립니다."

정진이 설계도 위를 손가락으로 표시하며 설명했다.

마법진을 그리는 테두리의 크기와 넓이, 두께를 이야기하자 이를 듣고 있던 김용재의 눈이 더욱 커졌다.

만들어야 할 물건의 크기가 상상 이상이었기 때문이다.

문득 전에 아케인 클랜의 의뢰로 만든 물건의 재료 값까지 생각하니 머리가 어질어질해졌다.

금액의 단위가 달랐기 때문이다.

이전에 의뢰를 받아 제작했던 마법진의 단가도 상상을 초월하는 것이었다.

베이스가 되는 금속 판만 해도 마정석과 금, 그리고 몬스터의 뼈로 만든 합금이 필요하다.

그런데 그것과 비교할 수 없을 정도로 거대한 이것을 제작하려니 도무지 답이 나오지 않았다.

"이렇게 되면 재료의 단가가 너무 오릅니다. 아무리 재무 상태가 튼튼하다 해도 감당할 수가 없을 겁니다."

김용재가 걱정스러운 표정으로 말했다.

수주를 하기만 하면 흑자가 될 것이 분명하지만 감당할 수가 없었던 것이다.

"아아, 무엇 때문에 그런 말씀을 하시는지 잘 압니다. 하지만 걱정하지 않으셔도 됩니다."

정진이 손사래를 치며 설명했다.

"도시 방어 마법진을 그리기 위한 재료는 아케인 쉘터에 사용한 것처럼 고가의 재료를 사용하지 않을 겁니다."

"그럼 새로운 복합 재료를 개발하셨다는 말씀이십니까?"

김용재는 정진의 말에 눈을 반짝였다.

사실 신세기 엔지니어링에서는 아케인 클랜의 의뢰를 받았을 때, 설계도대로 베이스가 된 합금을 만들면서 개별적으로 해당 성분에 대한 연구도 진행했다.

그런데 이 합금은 지금까지 개발된 그 어떤 합금보다도 에너지 효율이 뛰어났다.

거기다 활용성까지 뛰어나, 연구만 좀 더 진행한다면 현재 사용하는 합금들 중 상당수를 대체할 수 있을 것으로 보였다.

신세기 엔지니어링은 즉시 정진과 이야기하여 이 합금에 대한 라이선스 생산 계약을 맺었다.

개발과 제작에 필요한 마정석 발전소에 들어가는 전력선을 이 합금으로 교체하면 몇 배나 효율이 올라갈 것이라 판단한 것이다.

로열티를 물고도 이전의 몇 배나 되는 돈을 벌어들일 수 있는 발견이었다.

"여기, 여기에 설치되는 설비가 중요합니다. 이게 이 마법진의 핵심이라고 할 수 있습니다. 이전에 생산하셨던 아케인 쉘터의 마법진과는 다르죠."

정진은 도시 방어 마법진에서 특별히 다른 색으로 표시를 해 둔 곳을 짚으며 설명하였다.

정진이 손으로 짚은 곳은 바로 마법진에 마력을 공급하는 마정석이 들어가야 할 자리였다.

그 자리에는 커다란 마나 집접진을 설치할 계획이다.

"합금 재료와 성분비를 따로 알려드릴 겁니다. 신세기 엔지니어링에서 마법진을 만들어 주시고, 오성과 성대 그룹에서 설계도에 맞게 건물을 설치해 주셨으면 합니다."

"정정진 클랜장님."

"정정진 클랜장님."

정진의 말이 끝나기 무섭게 이운재 사장과 정성구 사장이 동시에 벌떡 일어났다.

"예, 말씀하십시오."

"신세기에만 그것의 제작을 의뢰하지 말고 우리 오성에도 오더를 주실 수 있습니까? 단가가 높은 제작이라면 신세기 엔지니어링이 단독으로 진행하기 어려울 겁니다."

이운재 사장이 얼른 말했다.

오성 그룹에도 신세기 엔지니어링처럼 주물 제작을 하는 회사가 있었다.

그리고 그건 성대 그룹도 마찬가지였다.

신세기 엔지니어링이 아케인 클랜의 쉘터에 들어가는 마법진을 만드는 데 협력하여 상당한 이득을 보고 있다는 것을 잘 알고 있는 두 사람은 아케인 클랜과 보다 폭넓은 교류를 할 수 있는 기회가 보이자 망설이지 않았다.

"아니, 사장님들. 이렇게 나오시면 곤란하죠. 그렇다면 저희 신세기에서 건설 부분에 참여해도 아무 소리 안 하실 겁니까?"

김용재는 정색을 하며 이운재와 정성구를 쳐다보며 물었다.

오성과 성대 그룹처럼 신세기 그룹도 건설 사가 있었다.

그러자 이운재와 정성구는 잠시 고민을 하기 시작했다.

어느 것이 자신의 담당하는 기업에 이득이 되는가 하는 것이었다.

하지만 자신이 담당하는 기업의 이윤도 이윤이지만 그룹 전체를 보면 어느 것이 더 이득이라는 것인지 나왔다.

"그렇게 하시지요."

"신세기도 참여한다면 찬성입니다. 북한 지역에 도시를 건설하는 것이 우리 성대나 오성 건설만으로 감당할 수 있는 사업은 아니니."

이운재에 이어 정성구도 김용재의 말에 고개를 끄덕였다.

그런 두 사람의 제안에 정진은 물론이고 지금까지 정진의 옆에서 조용히 이야기를 듣고 있던 이정진도 눈을 반짝였다.

솔직히 이런 자리를 마련한 것은 협상 중 오성과 성대에도 비슷한 제안을 하려는 의도가 담겨 있었다.

정부에서는 중국이 수복한 북한 지역에 욕심을 부리지 못하도록 하루라도 빨리 실효적지배를 하길 원했다. 그래서 아케인 클랜에게 의뢰할 때, 최단 기간에 많은 도시를 건설해 달라고 요구했던 것이다.

많은 건설 사가 이 사업에 뛰어든다면 건설 기간을 더 단축할 수 있으리라.

"그렇게까지 말씀하신다면 차라리 이렇게 하는 것은 어떻겠습니까?"

정진이 미소를 지으며 입을 열었다.

사실 처음 세 기업에 연락을 취하면서부터 생각해 두던 것이 있었다.

바로 세 기업을 경쟁시키는 것이었다.

신세기나 오성, 그리고 성대 그룹은 모두 아케인 클랜이 원하는 부분을 모두 갖추고 있었다. 정진은 그렇다면 아예 각 그룹에 도시 하나씩을 맡기자고 생각한 것이다.

가장 빨리 건설하는 곳에 다음 도시 건설을 의뢰하겠다고 한다면 건설 기간도 단축하면서 각 건설 사의 의욕도 높일 수 있을 듯했다.

"각 사에서 평안북도 신의주 지역과 삭주군, 자강도의 우시군. 이렇게 세 곳에 도시를 건설해 주십시오. 어느 곳에서 어디를 건설하든 그것은 세 분이서 합의를 하시구요. 저희는 가장 먼저 도시 건설을 완료하신 곳에 자강도 만포의 도시 건설을 의뢰하겠습니다."

정진은 우선적으로 중국과 국경을 이루고 있는 압록강 유역부터 개발하기로 결정했다.

이는 정부의 요구에 의한 결정이기도 했다.

현재 함경북도 지역은 아직 평양 게이트에서 나온 몬스터들이 잔존해 있었다.

그러니 몬스터를 모두 처리한 평안북도와 자강도 지역부터 먼저 도시를 건설하기로 한 것이다.

몬스터를 모두 처리한 뒤에 시작하는 것이 물론 더 안전하겠지만, 언제 중국에서 딴지를 걸고넘어질지 모르기 때문이었다.

"알겠습니다."

"좋습니다."

이렇게 아케인 클랜에서 이루어진 협상은 아케인 클랜이나 오성 건설, 성대 건설, 신세기 엔지니어링까지 모두 만족스러운 결과를 얻어내는 것으로 마무리되었다.

뿐만 아니라 오성이나 성대, 신세기 모두 새롭게 의욕을 다졌다.

같은 규모의 도시를 건설하는 일이다.

보다 빨리 건설하는 곳에 다음 도시 건설의 우선권을 준다고 하니, 도시 건설에 가장 중요하고 어려운 요소인 마법진 설치 문제를 제외한다면 일반 건설 문제는 2군 기업에 하청을 줄 수 있었다.

"그럼 잘 부탁드리겠습니다."

원하는 결과를 이룩한 정진은 빙긋 미소 지을 뿐이었다.

Chapter 7
엘프와 타이탄

　대한민국은 북한 지역을 몬스터로부터 수복한 뒤에도 행
정상 옛 지명을 그대로 사용하기로 결정하였다.

　평안북도 신의주.

　쿵! 쿵!

　기이잉! 쿵! 쿵!

　텅! 텅!

　넓은 평야 지대. 북한이 제3차 몬스터 웨이브에 무너지
기 전까지 북한 지역에서 가장 발달된 도시였던 신의주였지
만, 북한이 무너지고 15년 넘게 방치가 되다 보니 인간의
흔적은 거의 찾아볼 수 없을 정도로 황폐해져 버렸다.

　그나마 오래전에 이곳에 인간들이 살았다는 아주 작은 흔

적만 남아 있을 뿐이었다.

그런 신의주에 작업복을 입은 사람들이 중장비를 가지고 나타났다.

그러고는 여기저기 자란 풀들을 솎아내고, 또 아무렇게나 자란 나무들을 자르며 토지 정지(整地) 작업을 하기 시작했다.

그뿐만이 아니었다. 하늘에는 헬리콥터나 경비행기들이 날아다니며 주변을 촬영하고 있었다.

이렇게 촬영된 항공사진은 실시간으로 인화되어 지상에서 토지 정리를 하는 사람들에게 전달되었다.

쿵! 쿵!

"김 기사."

"예, 과장님."

"거기 말뚝 박게 표시해."

"알겠습니다."

성대 건설 작업복을 입은 사람들이 각자 측정기를 들여다보며 한 손에 들고 있는 설계도와 대조를 하며 체크하고 있었다.

이런 장면은 이곳뿐만이 아니라 여기저기서 비슷한 모습을 보이고 있었다.

부우웅!

비단 이곳만이 아니라 삭주군과 자강도의 우시군에도 사람들이 몰려와 비슷한 작업을 하고 있었다.

오성 건설과 신세기 건설에서 하청을 맡긴 2군 건설 회사의 직원들이었다.

✝   ✝   ✝

투타타타! 투타타타!

한때 날개 달린 새들만 날아다니던 북한의 하늘에 헬리콥터 소리가 요란하게 울려 퍼졌다.

그 헬리콥터 안에는 아케인 클랜의 클랜장인 정진과 성대 건설의 사장인 정성구가 타고 있었다.

"진행이 빠르군요."

정진은 한창 작업이 벌어지고 있는 지상을 내려다보았다.

그가 보는 곳은 수많은 사람들과 중장비들이 분주하게 움직이고 있었으며, 초록빛으로 뒤덮여 있던 지상은 인간의 손길에 의해 그 옷을 벗고 황토색의 속살을 드러내고 있었다.

한때 신의주는 35만 명의 인구가 살던 대도시였다.

게이트와 몬스터가 지구상에 출현하면서 그 많던 인구가 사라지고 대자연에 뒤덮였다. 그러던 것이 다시 한 번 인간의 손에 의해 개발되고 있는 모습인 묘한 감흥을 불러일으켰다.

"정성구 사장님."

"예, 말씀하십시오."

"전에 저와 협상했던 것과 다르게 프로젝트가 변경됐는데, 사장님도 그 이야기는 들으셨습니까?"

며칠 전 국토교통부로부터 공문이 날아왔다.

직접 출두한 정진은 국토교통부 관계자들과 함께 상당 시간 북한 지역 개발에 대한 논의를 했다.

처음 정부와 협상했을 때, 정부에서는 중국과 국경을 이루고 있는 압록강과 두만강 일대부터 빠르게 개발해 달라는 요청을 했다.

그런데 얼마 전 국토교통부로 갔을 때 들은 이야기는 조금 달랐다.

재협상을 하는 과정에서 정부가 처음의 계획보다 신의주와 자강도의 우시군을 보다 크게 건설했으면 한다고 전달해 온 것이다.

아케인 클랜에서 국내 최정상의 건설 회사 세 곳인 성대 건설, 오성 건설, 그리고 신세기 건설과 함께 작업을 하게 되었다는 소식을 듣자 건설 규모를 확대하기로 결정하게 된 것이다.

계획이 이렇게 변경된 데에는 세 그룹에서 정부 측에 로비를 한 탓도 있었다.

세 그룹이 정부에 로비를 한 이유는 따로 있었다. 바로 각 그룹에서 맡은 도시를 가장 **빨리** 건설하는 그룹에게 다른 지역 개발의 우선권을 준다는 아케인 클랜과의 계약 내용 때문이었다.

건설 장비란 것은 단지 움직이는 데만도 많은 돈이 필요한데, 이북 지역의 건설 작업이다 보니 각 그룹들은 필요한 모든 중장비들을 수백 킬로미터 이동시켜야만 했다.

도시 전체를 건설해야 하는 대규모 작업이기 때문에 수백, 수천 대의 중장비를 동원해야 했고, 그 장비들을 운용할 작업할 인부들도 역대 최대 숫자였다.

장기적으로 이북 지역 전체를 개발하려는 계획임을 이미 알고 있으니, 이동이나 작업에 들어가는 비용을 절감하기 위해 정부에 로비를 하게 된 것이다.

지금 하고 있는 작업이 끝났을 때, 다음 작업에 들어가기까지의 텀을 줄이고 가능한 작업하던 지역과 가까운 지역 순으로 시작할 수 있도록 하길 바라는 마음이었다.

건설 회사들만이 아니라 그러는 편이 정부에서도 건설 기간을 단축시킬 수 있으니 좋은 일이었다.

로비를 받은 정부, 특히 국토교통부에서는 건설 회사들의 이야기가 타당성이 있다고 판단했고, 아케인 클랜에 공문을 보내 계획을 변경하자는 논의를 한 것이다.

또한 중국이 4차 몬스터 웨이브로 인해 입은 피해가 생각보다 더 크다는 것을 파악하면서, 북한 지역까지 눈을 돌릴 여유가 없으리라고 판단한 것도 크게 작용했다.

정진 스스로는 그런 부분에 대해서 특별히 생각해 본 적이 없었다.

초기 계획이나 변경된 계획이나, 건설될 도시와 아케인 클랜의 역할에는 변함이 없기 때문이다.

다만 정진이 조금 더 움직여야만 한다는 게 변화라면 변화라고 할 수 있었다.

현재 정진이 재설계한 도시 방어 마법진은 최대 수용 인원을 10만 명으로 생각하고 만들어낸 것이다.

대한민국은 세계에서도 손에 꼽힐 정도로 인구밀도가 높은 국가다.

그러니 만약 어느 정도 건설 시간만 있다면 북한 지역으로 이주했을 경우를 생각해 도시 크기를 확장하는 것도 나쁘지 않은 선택이었다.

그렇다고 도시를 붙여서 건설할 수는 없었다. 그렇게 된다면 도시 방어 마법진을 제대로 활용을 할 수 없게 되기 때문이다.

정부는 이런 문제를 해결할 수 있는지를 문의했고, 정진은 별다른 불만 없이 요구를 받아들였다.

모든 것을 자신에게 맡기는 태도에 문제가 없다고 생각하지는 않았지만, 이를 받아들임으로써 얻을 수 있는 이득이 많기 때문이다.

아케인 클랜은 변경된 정부의 의뢰를 받아들임으로써 헌터 클랜으로서는 최초로 재벌 20위권 안으로 진입하였다.

이전에도 매직 웨폰과 아티팩트 판매, 그리고 포션의 판매로 100위권 안에 있었지만, 지금의 자금력은 그것을 아득히 초월할 정도로 높아졌다.

국가를 처음부터 새로 건설하는 사상 초유의 프로젝트를 총괄 진행하게 되었으니 당연한 것이나 마찬가지다.

아케인 클랜이 건설 회사나 기업이 되었다고 할 순 없었다.

북한 지역 개발 프로젝트의 핵심이 아케인 클랜이 가지고 있는 쉘터 방어 시스템이다 보니 자연스레 벌어진 일이었다.

그동안 아케인 클랜에서 아티팩트와 포션 등을 판매하면서 벌어들이면서 보유하게 된 자금만도 10대 그룹들의 자금력을 초월한다.

기업들의 경우 투자를 통해 이윤을 얻는다. 이 부분은 아케인 클랜도 같다고 볼 수 있었다.

다만 아케인 클랜이 기업들과 다른 점이 있다면, 투자 대비 얻는 수익 비율이 그들과는 비교가 되지 않을 정도로 좋다는 것이었다.

아케인 클랜은 실력 있는 헌터들을 다수 보유하고 있고, 이들은 매일 수천 개의 마정석을 거둬들인다. 기업들이 보유하고 있는 다른 클랜들과는 비교가 되지 않을 정도로 수익이 좋았다.

물론 아케인 클랜이 헌터들에게 기본 장비를 지급하고, 합리적인 수준의 계약금을 지불하기 위한 투자 비용도 만만치 않았다.

하지만 헌터들을 통해 벌어들이는 수익에 비할 바가 아니었다.

더욱이 아케인 클랜의 헌터들은 클랜이 제공하는 각종 교육 프로그램과 지원에 힘입어 빠르게 실력을 쌓을 수 있었다.

다른 클랜들 중에도 헌터들의 성장을 위해 많은 투자를 하고 있는 곳들이 있지만, 헌터들이 쓸 매직 웨폰이나 포션을 자체적으로 개발하고 있는 아케인 클랜보다 효율적인 투자를 할 수는 없었다.

그뿐만이 아니다.

사실 아케인 클랜의 소속 헌터들은 현재 몬스터 헌팅보다 쉘터 건설 작업에 매달려 있었다.

4차 몬스터 웨이브가 끝나자 아케인 쉘터의 안전성이 전국 곳곳에 알려졌다.

그동안 아케인 쉘터에 대한 의문을 가지던 헌터 클랜이나 기업들도 그 소식이 전해지자 바로 달려와 쉘터 건설 계약을 하기 시작했다.

이렇듯 아케인 클랜에 소속된 헌터들은 클랜에서 많은 지원을 해주는 것에 대해 적극적으로 수용하고, 또 그에 상응하여 열심히 클랜을 위해 자신이 맡은바 임무를 수행을 하고 있었다.

이런 배경이 있었기에 정부도 아케인 클랜과 정진에게 수복한 북한 지역을 개발하는 일을 맡긴 것이기도 하다.

이러한 사실을 잘 알고 있는 정성구 사장은 정진의 질문에 조심스럽게 대답을 하였다.

"예, 저희 회장님께 이야기는 들었습니다."

이번 북한 지역 도시 건설 프로젝트가 얼마나 중요한 일인지 잘 알고 있는 정성구 사장은 정진을 대하는 것이 전과 다르게 무척이나 조심스러웠다.

하지만 정작 정진은 그런 것은 별로 신경을 쓰지 않고 말을 이어갔다.

"이왕 정부의 의뢰가 변경되었으니 신의주에 건설 중인 도시 건설과 연계하여 다음에 도시를 건설할 곳에 대해 알려드리겠습니다."

정진은 그렇게 말을 하고 태블릿 PC를 꺼냈다.

타닥! 타닥!

정진은 간단히 신의주 지역의 지도를 태블릿의 화면에 띄웠다.

지도에는 푸른 표시로 한 지점이 표시된 것이 보였다.

"이곳은 저희가 지금 토지 정지 작업을 하고 있는 지역 아닙니까?"

푸른 점이 어떤 지역인지 깨달은 정성구 사장이 정진을 돌아보며 물었다.

"예. 지금 이곳은 신의주에 최초로 건설되고 있는 도시입니다. 그리고 이 지점과 여기, 여기… 지금 짚어드린 지점에 정확하게 도시를 건설해 주셔야 합니다."

정진은 태블릿에 올라온 지도의 여기저기를 손으로 짚으며 설명을 하였다.

정진이 짚은 지점은 모두 정확하게 육각형을 그리고 있었다. 정성구 사장은 그것을 보고 눈을 반짝였다.

"육각형의 꼭짓점을 그리며 건설한다는 것은… 그것입니까?"

정진이 고개를 끄덕였다.

"그렇습니다. 도시 하나가 10만 명을 수용하지만, 이렇게 6개의 도시를 꼭짓점으로 연결하고, 또 그 가운데 도시가 건설되면 보다 많은 인구를 수용할 수 있는 연합 도시가 됩니다."

정성구 사장은 정진의 설명을 들으면서 눈이 점점 커졌다.

몬스터로부터 수복한 넓은 땅에 10만 명을 수용할 수 있는 도시를 건설하는 것은 앞으로 발전할 대한민국을 생각하면 사실 조금 미묘한 프로젝트였다. 금방 포화 상태에 이를 것이기 때문이다.

2000년 게이트 사건 이후 주기적으로 발생하는 몬스터 웨이브로 많은 인구가 피해를 입어 줄었다고는 하지만 대한민국의 인구밀도는 아직도 포화 상태다.

비록 북한 지역을 몬스터로부터 수복을 했다고 하지만 당장 모든 일을 해결할 수는 없다.

본래 국토를 되찾은 대한민국에서도 아직 서서히 인구밀도가 완화되고 있는 추세였다. 도시가 건설된다고 해서 바로 사람들이 이동하지는 않기 때문이다.

정부가 무리라는 것을 알면서도 북한 지역에 빠르게 도시 건설을 하는 데는 그런 이유도 있었다.

중국과의 외교 문제도 경계해야 했지만, 그 문제만이라면 전략물자인 포션을 이용해 세계의 여론을 끌어들일 수 있으니 지금으로서는 아예 해결할 수 없는 문제도 아니었다.

하지만 그렇게 하지 않는 것은, 섣불리 포션을 무기로 움직였다가는 다른 강대국들로 하여금 대한민국을 경계하도록 할 수도 있기 때문이었다.

북한 지역에 빠르게 도시를 건설하는 것은 중국과의 마찰도 방지하고, 인구 문제도 해결하고, 덤으로 대한민국의 역량을 세계적으로 보여주기까지 할 수 있는 기회였다.

그렇게 생각하면 10만 명을 최대 수용 인원으로 하는 기존의 도시 계획은 너무 소심한 감이 없지 않았다.

지금까지의 몬스터 웨이브로 가장 많은 피해를 입은 관악구의 인구도 20만 명이 넘는다.

일개 구의 인구가 20만인데, 새로 건설할 도시의 수용 인원이 10만 명이라는 건 무리가 있다고 볼 수 있었다.

정부의 요구를 들은 정진은 보다 먼 미래를 생각하며 설계를 다시 했다.

정진이 개량한 도시 방어 마법진을 통해 완벽하게 방어할 수 있는 최대 인원은 10만 명이다. 하지만 10만 명을 수용할 수 있는 이 도시형 쉘터를 룬의 형태로 결합한 연합 도시를 건립한다면 이야기가 달라진다.

이는 로난이 알려준 아케인 왕국의 도시 방어 마법진 말고, 정진이 익히 알고 있던 마도 제국 아케인의 클래스 마법을 응용한 덕분이었다.

서클 마법과 다르게 클래스 마법은 마법 문자인 룬의 힘을 극대화하는 것으로 마법의 위력을 변화시킬 수 있다.

정진은 아케인 왕국의 마법진을 로난 아케인과 연구하면서 서클 마법 기반으로 제작된 도시 방어 마법진에 어떻게 하면 클래스 마법을 가미할 수 있을까 연구를 하였다.

힘들었지만 정진은 결국 그것을 해결할 수 있었다.

서클 마법을 기반으로 하는 아케인 왕국식 마법진이나, 클래스 마법을 기반으로 하는 마도 제국 아케인의 마법진이나 기본은 마법 문자인 룬이다.

그리고 두 마법의 차이는 부족한 마력을 외부의 마나를 끌어와 치환하는 것과 강력한 마력원을 마법진 내에 배치하는 것뿐이었다.

마도 제국 아케인의 마법진도 기본적으로는 외부 마나를 마법진에 끌어들이는 부분이 있다.

정진이 아케인 클랜을 키우기 위해 사용한 마나 집접진이 바로 그것인데, 이것이 바로 서클 마법과 클래스 마법이 가지는 공통분모였다.

물론 서클 마법이 외부 마나를 보다 주력으로 사용하고

본연의 마력을 보조하는 것이라면, 클래스 마법은 그와 반대로 본연의 마력에 외부 마나를 첨가하여 사용하는 것이라는 차이점이 있다.

이런 두 마법의 차이를 알아낸 정진은 이를 적절히 타협하여 기본적인 도시 방어 마법진에 공명 마법을 가미하는 방법으로 도시의 크기를 늘리는 방법을 창안했다.

그것이 지금 태블릿에 띄운 모습이었다.

바깥의 6개의 도시를 방위를 잡고 연결하는 것이다.

즉, 육각형을 이루는 각 도시들을 아케인 왕국의 도시 방어 마법진을 이용해 건설하고, 그 육각형의 가운데에 들어가는 도시는 꼭짓점의 6개 도시의 마법진을 서로 공명을 시키는 마법진을 위에 설치하는 것이다.

총 7개의 도시를 연결한 연합 도시.

모두 70만 명을 수용할 수 있고, 각 도시 간에 공간이 있기 때문에 인구가 늘어나면 도시 확장도 가능할 것이다.

이러한 설명을 모두 들은 정성구 사장이 놀란 눈으로 정진을 돌아보았다.

'언제 이런 것을 고안한 거지?'

얼마 전 아케인 클랜의 빌딩에 가서 협상할 때만 해도 이런 말은 없었다.

그 말은 자신들과 협상을 한 뒤 다시 보완했다는 말이

었다.

정진의 나이가 자신의 아들뻘밖에 되지 않음을 잘 알고 있는 그로서는 정진을 마주하는 것만으로도 경외감이 들 정도였다.

사실 처음 아케인 클랜을 접했을 때만 해도 별로 신경 쓰지 않았다.

아케인 클랜이 대한민국 3대 헌터 클랜이라 불린다고 해도 자신은 대한민국에서 1~2위를 다투는 성대 그룹 계열사 사장이지 않은가?

이 프로젝트를 무조건 따야 한다는 생각은 당연히 있었지만, 프로젝트가 대단한 거지 아케인 클랜이 대단한 거라고까지는 그리 생각하지 않았다.

쉘터 시스템에 감탄한 적은 있었지만, 수용하고 경쟁해야 하는 신기술이 개발되었다고 생각했을 뿐이었다.

그러나 이 프로젝트를 시작하고 클랜장인 정진과 직접 만나 그의 능력을 보게 되면서 정성구의 생각은 완전히 바뀌었다.

아케인 클랜이 건설 회사나 연구소도 아니면서 이런 획기적인 기술을 개발하게 된 것은 단지 우연의 일치만이 아니며, 앞으로 얼마나 더 새로운 것들을 개발하고 상상하지도 못한 일을 벌일지 모르는 곳이라는 걸 깨달은 것이다.

솔직히 살짝 질투도 나기도 했다. 자신의 아들뻘밖에 되지 않는 정진이 자신보다 배는 많은 나이를 먹은 어른들을 불러 아무런 거리낌 없이 이야기하는 것을 보면 그런 느낌을 버릴 수 없었다.

언론에서 연일 아케인 클랜과 정진에 대해 떠드는 걸 들으며 아무리 그래도 과장된 면이 있을 것이라고 생각했는데, 자신이 그동안 알고 있었던 것은 달빛 아래 반딧불이었다는 것을 깨닫기까지도 얼마 걸리지 않았다.

천재 한 명이 일반인 만 명을 먹여 살린다고 하는 말이 있다.

그런데 정성구가 느끼기에 눈앞의 정진은 온 국민을 먹여 살린다고 해도 부족한 수준의, 천재 중의 천재였다.

"전에도 말씀드렸다시피 최대한 오차가 없어야 합니다."

"알겠습니다."

투타타타!

정진과 정성구 사장이 이렇게 신의주에 건설되는 도시 건설에 대해 논의를 하는 중에도 이들을 태운 헬리콥터는 신의주 상공을 날고 있었다.

그리고 정진의 이런 행보는 이곳 신의주에서만이 아니라 삭주군과 우시군에서도 이루어졌다.

† † †

저벅저벅!

여러 명의 사람들이 건물 안을 걷고 있었다.

복도를 걸어가는 이들의 면면을 살펴보면 묘한 조합이라는 생각이 들었다.

하얀 가운을 입은 큰 키의 사람들 몇 명과, 모자에 별 모양의 계급장을 달고 있는 군인들, 그리고 검은 양복을 입고 있는 인물들까지 총 20여 명의 인물들이 걷고 있었다.

또 이들을 보호하기 위해서인지 총기로 무장을 한 군인들이 뒤를 따라오고 있었다.

막다른 곳에 다다르자, 사람들이 걸음을 멈췄다.

벽면을 가득 채우는 금고와도 같은 견고한 문이 그들의 눈앞에 있었다.

일단의 인물들 중 하얀 가운을 입은 사내 한 명이 문 옆에 조그맣게 나와 있는 렌즈 위에 눈을 가져다 대자, 문이 열렸다.

우웅! 우웅!

방 안에는 거대한 로봇 팔이 움직이며 무언가를 만들고 있었다.

바로 타이탄이었다.

아머드 기어보다 배는 더 큰 타이탄의 모습은 마치 중세 기사가 갑옷을 입고 있는 것을 몇 배로 확대해 놓은 것처럼 보였다. 그러면서도 진짜 유기체처럼 자연스럽고 유려한 느낌을 주었다.

"오! 이것이 이번에 개발된 타이탄이란 것인가?"

방 안으로 들어온 일행 중 누군가 말했다. 놀라움과 감탄이 여실히 드러나는 목소리였다.

"그렇습니다. 프로토 타입 TX—1입니다."

흰 가운을 입은 남자 한 명이 입가에 미소를 지으며 대답하였다.

"프로토 타입은 세 종류라 하던데, 나머진 어떤 것이오?"

사람들이 타이탄의 모습에 감탄을 하고 있을 때, 조금은 냉정한 목소리가 들려왔다.

그는 군복을 입고 있었지만 주변에 있는 군인들과는 무언가 다른 느낌을 풍기는 사내였다.

180 후반의 키에 딱 벌어진 어깨, 그리고 군복 밖으로 보이는 팔은 웬만한 여자 허벅지보다 굵어 보였다.

언뜻 보기에는 짧은 머리가 잘 어울리는 멋진 군인의 모습이었지만, 가끔 그의 눈에 스쳐가는 광기는 그가 평범한 사람이 아니라는 것을 알 수 있게 해주었다.

하지만 이런 남자의 모습을 자세하게 쳐다보는 사람은 얼마 없었다.

'음… 저자가 그자인가?'

하나 방금 방에 들어온 이들과 다르게 이곳에서 타이탄을 조립하는 것을 감독하고 있던 하얀 가운의 중년인은 그를 예의 주시하고 있었다.

그는 일족의 안전을 위해 이곳에 넘어와 30년이나 되는 시간 동안 이들에게 도움을 주었다.

게이트 발생 이후, 미국의 특수부대와 헌터들은 게이트 너머를 개척하는 도중 생각지도 못한 존재와 조우하게 되었다.

그들이 바로 이 중년인, 파시엘과 같은 엘프들이다.

처음 이들과 조우했을 때만 해도 서로 말이 통하지 않아 상당히 위험할 뻔했지만 다행히 큰 충돌은 없었다.

엘프와 헌터들이 충돌하지 않았던 것은 아이러니하게도 인류의 적인 몬스터 때문이었다.

뉴 어스의 인류가 멸망하기 전, 몬스터가 갑자기 습격해 오자 서로 공통의 적을 맞아 인간과 엘프는 충돌하는 것을 멈추고 함께 몬스터를 상대했다.

그리고 그 뒤 오해를 풀고 서로 필요한 것을 교환하기에 이르렀다.

뉴 어스에서 인류가 멸망을 한 후, 엘프들은 몬스터를 피하고 안전을 확보하기 위해 결계를 치면서 숨었다.

하지만 너무 오랜 시간이 흐르면서 결계 내의 자원이 떨어졌고, 급기야 결계를 칠 재료가 부족해 점점 어려워지고 있던 상황이었다.

그러던 때 뉴 어스를 정찰하던 미국의 특수부대와 헌터들로 이루어진 개척단을 만난 것이다.

엘프들은 자신들의 안전을 위해 이들과 협상을 벌였다.

안전을 책임져 주는 대가로 뉴 어스에 대한 정보를 개척단에 넘겨주기로 한 것이다.

그뿐만 아니라 뉴 어스에서 발굴되는 아티팩트나 유물의 쓰임과 종류, 그리고 각종 몬스터에 대한 정보도 알려주기로 했다.

자신들과 협상을 맺은 상대는 자신들을 미합중국의 군대라 하였고, 또 그들은 지구라는 곳에서 게이트를 통해 넘어왔다고 하였다.

엘프 족은 이들의 말을 들으면서 처음에는 고개를 갸웃거렸다.

이들이 말한 지구란 곳이 어디인지 몰랐을 뿐더러, 게이트를 통해 왔다고 하는데 이미 몬스터에 점령된 아케인 세상에서 게이트가 존재한다는 것도 이상하거니와 멸망한 인간들이 어디서 다시 나타났는지 이해하지 못했던 것이다.

너무 오랫동안 결계 안에 있었던 엘프들은 뉴 어스의 상황을 잘 알지 못했다.

그들은 혹시나 그들이 몬스터의 편에 서서 세계를 멸망으로 이르게 만든 인간들이 아닐지 걱정하기도 했다.

하지만 하이엘프인 엘이 그들의 내면을 읽고 말하는 것이 진실이라고 말하자, 엘프들은 의심을 거두었다.

미국과 협력하게 된 엘프들은 그들로부터 지구에 대한 이야기를 듣게 되었다.

몬스터가 없는 땅.

비록 자신들과 같은 유사 인종이 없는 인간들의 세상이라고 하지만 무시무시한 몬스터의 위협으로부터 안전하다는 말에 엘프 일족은 게이트를 넘어 지구로의 이주를 결심했다.

물론 숲의 일족인 엘프는 숲이 없으면 제대로 살아갈 수 없었다.

그들은 숲으로부터 생명과 안정을 느끼기 때문이다.

엘프들은 미국 정부와 협상을 하여 인적이 드문 로키 산맥 깊은 곳에 이들만의 주거지를 얻어 이주하였다.

하지만 파시엘을 비롯한 일부 엘프들은 그 대가로 인간들의 세상에 나와 이들에게 자신들의 지식을 전수해 주고 있는 중이었다.

이들의 대표와 일족의 지도자인 하이엘프인 엘이 계약을 맺었기 때문이다.

엘프 족의 지도자 엘은 엘프 족의 생존을 위해 이들과 협상을 하였다.

처음에는 아케인의 인간도 아닌 이계의 인간과 협상을 한다는 것에 많은 일족이 혼란에 빠졌다.

하지만 일족의 생존을 위해서라면 일족의 영원한 적이라 규정한 오크라도 손을 잡아야 할 판이다. 결국 엘프들은 지도자인 엘의 뜻에 따르기로 하였다.

그렇게 그들은 이곳의 인간들과 협상하여 일족이 안전할 수 있는 장소와 지원을 받는 대가로 자신들이 알고 있던 아케인 대륙의 정보를 이들에게 알려주기 시작했다.

그렇지만 파시엘은 몬스터의 편으로 돌아선 인간이 아니라고 해도 그들을 늘 의심했다.

그는 뭔가 꺼림칙한 느낌을 떨칠 수 없었다.

미국인이라는 이들과 협상을 하고 안전을 대가로 이들이 하려는 일에 협조하면서 거의 30여 년 동안 이들을 관찰했다.

비록 자신들을 억압하는 것은 아니었지만, 엘프들은 이곳 연구소 밖으로 나갈 수가 없었다.

헌터 프론티어

과거 인간들의 왕국이 난립할 때, 귀족들이 엘프를 성노로 잡아들이는 상황과는 달랐지만 파시엘은 지금 이곳의 엘프들의 처지가 그것과 다르지 않다고 생각했다.

그렇기에 파시엘은 일족의 안전을 위해선 이 세계의 강국인 이들과 협력해야 한다는 엘의 뜻과는 다르게, 때가 되면 이들로부터 일족이 독립을 해야 한다고 생각하였다.

그러기 위해선 강력한 힘이 필요하다고 판단했고, 파시엘은 어떻게 하면 이들에게서 독립할 수 있을지 생각했다.

그렇게 관찰을 한 지도 어느새 30여 년이나 되었고, 드디어 그 시기가 다가오고 있었다.

이곳의 인간들의 무기는 너무도 파괴적이다.

하지만 이곳의 무기가 아케인 세계… 아니, 이들의 말로 표현하면 뉴 어스에서는 이들의 무기가 별 소용이 없다는 것을 그는 알고 있었다.

이들은 무엇 때문에 자신들의 무기가 뉴 어스에서 정상적인 작동을 못하고 이상 현상을 일으키는지는 알 수 없다고 했다.

하지만 파시엘이나 엘프들은 그 원인을 몇 가지 사례를 통해 알 수 있었다.

이들이 사용하는 화약이 일정량 이상 사용되어 위력이 강해지면 뉴 어스의 마나와 결합하면서 성질이 변해 버려 통제 불능이 됐던 것이다.

물론 그런 현상을 불러일으키는 원인을 엘프들도 알 수는 없지만 가장 중요한 것은 지구의 화약 무기를 뉴 어스에서는 사용할 수 없다는 것이 중요했다.

물론 화약의 양을 조절하면 사용할 수 있지만 화약 무기는 큰 소음을 유발한다.

소음은 뉴 어스를 지배하는 몬스터들을 흥분시켜 그들을 끌어모으게 되는데, 그렇게 되면 아무리 많은 군인이 있다고 해도 감당할 수 없다.

엘프들은 스스로의 무기를 사용하지 못하는 그들을 마법을 이용해 도왔다.

엘프들과 미국 관계자들은 서로의 학문, 마법과 과학에 놀라움을 금치 못했다.

협력을 맺게 된 이후 많은 교류가 있었지만, 인간들은 엘프들로부터 그리 많은 것을 얻지는 못했다.

그에 반해 엘프들은 인간들의 과학을 받아들이면서 잃었던 힘을 조금 찾을 수 있었다.

사실 결계가 무너진 이후 몬스터로부터 안전을 확보하기 위해 수시로 주거지를 옮기는 바람에 교육의 기회를 갖지 못한 어린 엘프들의 대부분은 성장을 하면서 엘프 고유의 힘을 잃었다.

하지만 지구로 이주를 하면서 몬스터로부터 생명의 위협을 받지 않게 되자 나이 많은 엘들이 주축이 되어 어린 엘프들을 교육할 수 있었다.

이미 교육의 시기를 잃은 엘프들은 비록 엘프 고유의 기술은 아니었지만 인간들의 기술을 배울 수 있었다.

엘프들은 각자 인간의 학문인 과학을 배우고, 또 생존을 위한 각종 무기술도 배웠다.

그리고 그 과정에서 일부 엘프들이 익스퍼트의 경지에 들어섰다.

물론 그러한 사실은 모두 비밀에 붙였다. 혹시나 인간들이 과거 뉴 어스의 인간들처럼 계약을 어기고 엘프들을 노예로 잡아들일지도 모른다는 우려에서 비롯된 생각이었다.

그러다 엘프들은 이들과 동맹을 맺고 있는 나라에서 타이탄이 발굴되었다는 소식을 들었다.

그것도 지금까지 확보된 것과 달리 온전한 형태를 띤 타이탄이었다.

그중 일부를 확보한 미국은 곧바로 엘프들에게 그 타이탄을 가져왔다. 그리고 타이탄에 대한 비밀을 밝혀달라고 하였다.

파시엘은 함께 온 엘프들에게 연구 내용에 대한 함구령을 내렸다.

혹시나 타이탄의 비밀이 이들에게 알려진다면 어쩌면 자신들의 효용성을 더 이상 느끼지 못하고 약속을 저버릴 수도 있었기 때문이다.

인간은 언제나 그랬다. 엘프들은 비록 직접 겪은 것은 아니지만 선대의 기록을 통해 인간은 오크만큼이나 탐욕스럽고 또 마족만큼이나 약속을 잘 어긴다는 것을 알고 있었다

아니, 실제로 계약을 깨는 존재는 인간이 유일했다.

몬스터는 굳이 엘프나 이종족과 약속을 하지 않았고, 마족과 같은 존재들은 말이 가지고 있는 힘을 알기에 약속이나 계약을 하더라도 처음부터 모호하게 하여 여지를 남긴다.

즉, 약속이나 계약을 명확하게 하면서도 이를 부정하는 존재는 인간이 유일했다.

선대의 기록 중에는 인간과 계약을 할 때는 신중하게 하라는 경고를 한 문헌이 참으로 많았다.

파시엘은 이런 인간의 본성을 잘 알고 있는 엘프 중 하나였다.

파시엘은 엘프들에게 자신들이 알거나 알아낸 것들을 함구하라고 하고, 모든 일은 자신을 통해서만 알리도록 했다.

그러면서 이들에게 타이탄과 함께 발견된 문서들을 함께 구해주길 요구했다.

이는 인간의 마법으로 만들어진 타이탄을 연구하기 위해선 꼭 필요한 일이었기 때문이다.

과거 엘프들도 타이탄을 만들기는 했지만 그러한 자료는 이미 오래전에 사라졌다.

그들은 타이탄을 만든 기술을 모두 구전으로 전승했고, 오랜 시간이 흐르면서 잊어버리고 말았다.

문서로 남기지 못한 것은, 너무도 강력한 타이탄이기에 혹시나 그것의 설계도가 인간들에게 넘어가게 된다면 일족의 안전을 위해 만들었던 타이탄으로 인해 일족이 멸망하게 될 수도 있다고 판단했기 때문이었다.

그래서 인간의 타이탄이니만큼 인간들이 만든 자료라도 연구하면 무언가 방향이 보일 거라고 생각한 것이다.

하지만 이들이 구해준 자료에는 타이탄의 설계도가 없었다.

다만 인간의 마법에 관한 기초 서적과 낮은 서클의 마법서가 몇 권 있을 뿐이었다.

파시엘은 그런 인간의 기초 마법서들을 가지고 연구를 하였다.

다행히 인간의 마법이나 엘프의 마법은 대동소이했기에 금방 습득할 수 있었다.

그는 그것을 바탕으로 타이탄을 연구하였다.

처음에는 참으로 막막했지만, 일족을 구원하는 연구였기에 어려움은 있었지만 포기란 없었다.

시간이 흐르자 어려움을 극복하고 그는 결국 타이탄을 완성할 수 있었다.

비록 오리지널에는 미치지 못하는 겨우 솔저급 타이탄이지만, 현재 운용되고 있는 아머드 기어에 비하면 월등한 성능을 가지고 있었다.

일단 덩치에서부터 아머드 기어를 능가하며, 중량 또한 훨씬 무거워 그 전투력은 중(重)형 몬스터인 오거를 일대일로 상대할 수 있을 정도였다.

게다가 오리지널보다 좋은 점이 아주 없는 것은 아니었다.

새로 개발된 뉴 타입 타이탄은 오지리널처럼 마스터 인증을 거치지 않아도 되었다.

즉, 누구나 타이탄에 탑승하여 운용할 수 있어 아무나 올라타 전투에 투입될 수 있단 소리였다.

어떻게 보면 적대 세력에 타이탄을 탈취당할 위험이 있긴 했지만 그건 어쩔 수 없는 문제였다.

타이탄이란 존재 자체가 등급에 맞는 에고를 가지게 되며, 에고가 강할수록 자신을 운용할 마스터를 고르는 것이 까다롭다.

하지만 뉴 타입 타이탄은 솔저급에 해당하는 타이탄이었기에 에고가 그리 강력하지 않았다.

그러다 보니 탑승하는 마스터도 그리 까다롭게 구하지 않았다.

대략적으로 헌터 등급을 기준으로 6급 이상이면 허락하였다.

이는 어느 정도 몸속에 있는 마력을 운용할 능력만 있으면 가능한 수준이다.

파시엘을 비롯한 엘프들은 조금 실망했으나, 정작 타이탄 개발을 의뢰한 인간들은 그런 실패작이 나왔음에 더욱 기뻐했다.

뉴 어스의 기준에서 보면 실패작이었지만 이곳의 인간에겐 아니었다.

오히려 그들은 한국이란 나라에서 가져온 워리어급 오리지널 타이탄의 까다로운 마스터 인증으로 인해 인증이 실패한 것 때문에 낙담하고 있었다.

비싼 대가를 치르고 구입한 타이탄이 아무 쓸모도 없게 되었기 때문이다.

하지만 그것이 엘프 일족에게는 행운으로 작용하였다.

이곳은 미국의 군수산업체인 레기온 사에 속한 비밀 연구소였다.

이 비밀 연구소에서 대 몬스터 병기인 아머드 기어가 개발이 되었고, 연구원들이 밤낮없이 몬스터를 잡기 위한 각종 첨단 무기들을 연구, 개발하고 있었다.

그들은 아주 오래전부터 뉴 어스의 대 몬스터 병기인 타이탄을 연구하고 있었다.

그 연구의 결과물 중 하나가 바로 아머드 기어였던 것이다.

뉴 어스 곳곳에서 발굴된 거대한 타이탄의 조각들을 가져와 연구하여 완성한 아머드 기어는 인류가 몬스터에게 빼앗긴 것들을 되찾을 수 있도록 해주었고, 더 나아가 인류가 게이트를 넘는 데 지대한 역할을 하였다.

그렇기에 미국은 최초로 온전한 형태의 타이탄을 구입했을 때, 최고의 기술을 가진 레기온 사에 그 연구를 의뢰하였다.

아머드 기어를 능가하는 타이탄을 복원하기 위해 레기온 사는 물론이거니와 미국 정부 역시 막대한 예산을 지원했지만 별다른 진척이 없었다.

많은 연구원들이 매달려 보았지만 타이탄에 대한 연구는 완전히 벽에 부딪히고 말았다.

아무리 연구를 해도 더 이상 밝혀낼 것이 없었다.

이는 어쩔 수 없는 일이었다. 타이탄을 연구하기 위해선 타이탄의 심장인 엑시온을 봐야 하는데, 누군가 타이탄과 계약을 하기 전까지는 그것을 들여다볼 방법이 없기 때문이었다.

✝ ✝ ✝

연구소의 부소장인 파시엘은 자신을 따르는 연구원들을 돌아보았다. 그들의 얼굴은 무표정했다.

아니, 자세히 보면 아주 작은 표정을 읽을 수 있었는데, 그것은 바로 절망이란 감정이었다.

오늘은 일부 연구원으로 파견된 엘프들이 제2의 고향인 신의 산, 로키 산맥으로 돌아가고, 새로운 엘프들이 파견을 올 것이다.

파시엘은 그것을 준비하기 위해 연구를 마무리하고 밖으로 나갔다.

연구소 안에는 엘프들만 주거하는 공간이 있는데, 파시엘이 그곳으로 가자 이미 도착해 교대할 준비를 하고 있었다.

"어서 오십시오. 장로님."

"파시엘 장로님, 안녕하셨습니까?"

숙소 앞에서 교대 준비를 하고 있던 이엘과 이브엘이 일족의 장로인 파시엘이 다가오자 얼른 인사하였다.

이엘은 지금까지 파시엘 장로 밑에서 보조하다 일족의 보금자리인 신의 산으로 돌아가기 위해 준비를 하는 중이었고, 이브엘은 신의 산에서 교대할 일족을 데리고 내려와 장로인 파시엘에게 보고하기 위해 대기하고 있는 중이었다.

"그래. 이번에는 이브엘이 아이들을 인솔해 온 건가?"

"그렇습니다. 이번에 제가 3서클 마법사 다섯 명, 전사는 저까지 세 명이 왔습니다."

이브엘은 자연스럽게 신의 산에서 파견을 온 인원에 대해 파시엘에게 보고하였다.

"마법사가 5명이라… 도움이 되기는 하겠군."

파시엘은 찌푸린 얼굴로 작게 중얼거렸다.

5년 주기로 교대를 하는 엘프들.

이전에 파견을 온 엘프들은 마법 실력이 그리 좋지 못했다.

그나마 다행인 점은 이곳에서 타이탄을 연구하게 되면서 인간들의 마법서를 대량으로 구입하게 되었다는 점이다.

때문에 복귀를 하는 이들에게 복사한 자료를 일족의 보금자리인 신의 산으로 보낼 수 있도록 준비했다.

신의 산에서 파견된 이들이 3서클 마법사로 다섯 명이나 온 것을 보니 신의 산에 있는 일족들의 실력이 많이 좋아진 것 같았다.

일정 수준에 이르지 못한 엘프를 굳이 인간 세상에 파견 보낼 이유가 없기 때문이다.

이브엘은 장로인 파시엘을 따라 연구소를 돌아보았다.

그동안 엘프들이 인간 연구소에 파견되어 어떤 일을 했는지 견학하는 것이다.

이브엘의 뒤로 일곱 명의 엘프들이 조용히 뒤를 따르며 주변을 살폈다.

깨끗한 복도. 하지만 너무도 밝고 깨끗해 정신을 차리지 않으면 길을 잃어버릴지도 모를 정도로 모두 동일한 구조였다.

하지만 엘프는 머리가 좋기에 아무리 비슷한 모양을 한 길이라도 충분히 찾을 수 있었다.

"헉!"

길을 걷던 이브엘이 갑자기 비명을 지르며 양손으로 머리를 감싸고 주저앉았다.

"무슨 일인가!"

파시엘은 갑자기 비명을 지르며 머리를 감싸는 이브엘의 모습에 놀라 그녀를 붙잡았다.

"넌 누구야! 누군데 내 머릿속에 이야기하는 거지?"

이브엘은 장로인 파시엘의 물음에도 대답하지 않고 엉뚱

한 소리를 하고 있었다.

"이브엘! 정신을 차려라! 엘프 가드의 수석 전사인 네가 이런 나약한 모습을 보여서야 되겠나?!"

파시엘은 엘프 가드를 언급하며 그녀가 정신을 차리기를 독려했다.

엘프 가드란 마법이 아닌 무력을 가진 엘프 전사의 집단을 말했다.

이들은 예전에는 숲지기라 불렸으며, 이종족이나 몬스터로부터 일족인 엘프들을 보호하는 임무를 가지고 있었다.

인간이나 이종족들이 몬스터와의 대규모 전투에서 패해 멸망하고, 또 몬스터로부터 일족을 지켜주던 결계도 세월의 흐름 속에 그 위력을 상실했을 때 그들이 몬스터와 맞서 싸우며 일족을 지켰다.

그때부터 이들은 숲지기가 아니라 일족을 지키는 가드가 되었고, 엘프 가드라 불리게 되었다.

"난 일족을 지키는 엘프 가드다. 사악한 존재와 계약할 수 없다."

이브엘은 계속해서 머릿속에다 말을 거는 존재 때문에 주변에 있는 파시엘에 신경 쓰지 못하고 대화를 나누고 있었다.

[난 사악한 존재가 아니다. 난 골렘의 에고인 티루스다.]

"타루스? 골렘의 에고? 그게 뭐지?"

이브엘은 골렘이라는 말은 이해했지만 골렘의 에고라는 말을 이해할 수가 없었다.

지금까지 단 한 번도 골렘에 에고가 있다는 말을 들은 적이 없었기 때문이다.

"골렘의 에고라고!"

하지만 그 말을 듣고 있던 파시엘은 달랐다.

엘프 장로인 파시엘은 800년의 삶을 산 엘프였다.

하이엘프도 아닌 일반 엘프가 800년을 산다는 것은 굉장히 어려운 일이었다. 수명이 긴 엘프들 사이에서도 오래전 정령과 함께 노닐던 시절에나 있었던 일이다.

하지만 엘프가 친구이자 영혼의 동반자인 정령을 잃고 홀로 남겨진 후로는 원래 수명인 600년까지 사는 엘프도 드물었다.

그리고 현재 엘프들의 평균 수명은 300년 정도로 줄어들어 버렸다.

그 두 배가 넘는 800년을 살아온 파시엘은 그 존재만으로도 엘프의 수장인 하이엘프에 버금갈 정도로 존경을 받고 있었다.

더욱이 그는 뉴 어스의 왕국들이 멸망하는 것을 본 몇 안

되는 엘프이기도 했다.

수장인 엘보다 나이가 적기는 하지만 원래 하이엘프는 엘프의 서식지인 세계수를 떠날 수 없다. 때문에 엘은 파시엘처럼 인간들의 왕국이 몬스터에 멸망하는 것을 목격하지는 못했다.

하지만 파시엘은 한때 인간 세상을 떠돈 적이 있었다.

파시엘은 그때 우연히 한 마법사를 만나 골렘의 에고에 대한 이야기를 들었다.

타이탄을 연구하던 그 인간 마법사는 엘프인 파시엘을 알아보고 그에게 접근해 이종족 유일의 타이탄인 골든 나이트에 대해 물었다.

하지만 파시엘이 골든 나이트에 대해 알고 있는 것이 별로 없다는 것을 알자 금방 그의 곁을 떠났다.

그렇지만 파시엘은 그 짧은 시간 동안 인간 마법사가 타이탄에 관해 이야기한 내용을 모두 기억하고 있었다.

골렘의 에고란 바로 타이탄의 에고를 말하는 것이었다.

지금 이곳에 있는 타이탄은 자신이 3년 동안 연구를 하고 있는 바로 그 타이탄뿐이다.

파시엘은 이브엘이 타이탄과 계약을 위해 대화를 나누고 있음을 직감했다.

타이탄이 먼저 말을 걸었다는 것은 이브엘이 타이탄 마스터가 될 조건을 가지고 있다는 소리였다.

"이브엘! 에고가 하는 말을 수락해라!"

파시엘이 다급한 얼굴로 외쳤다.

장로의 말에 이브엘은 얼른 조금 전에 한 말을 번복하고 에고, 티루스의 제안을 수락했다.

"아니다. 네 제안을 수락하겠다."

이브엘이 자신의 머릿속에 말을 걸고 잇는 티루스에게 집중하고 있을 때, 파시엘은 그녀의 팔을 잡고 타이탄이 있는 방으로 이동하였다.

얼마 가지 않아 문이 나왔고, 문을 열고 들어가니 지금까지 단 한 번도 반응이 없던 타이탄으로부터 격렬하게 움직이고 있는 마나를 느낄 수 있었다.

이브엘이 가까워질수록 그 변화는 더욱 강렬해졌다.

"인(In)!"

이브엘이 타이탄을 보고 짧게 소리치자 밝은 빛이 쏟아지며 그녀의 모습이 사라졌다.

기이잉!

쿵!

커다란 금속 테이블 위에서 여러 개의 케이블이 연결되어 있던 타이탄이 움직이기 시작했다.

테이블 위에 누워 있던 타이탄이 다리를 내리고 상체를

일으키며 자리에서 일어났다.

"헉!"

"타이탄이 움직인다!"

타이탄의 주변에 있던 연구원들이 갑작스러운 타이탄의 변화에 놀라 한쪽으로 물러나며 소리쳤다.

Chapter 8
타이탄 연구

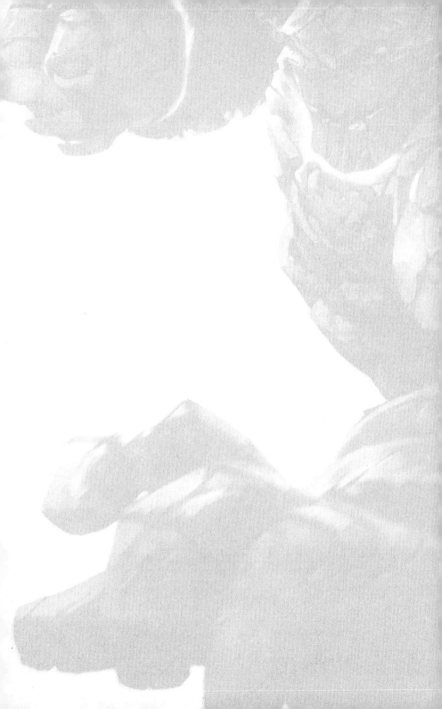

쿵! 쿵!

마른 대지 위를 커다란 로봇이 달리고 있었다.

아니, 그것은 로봇이 아니라 타이탄이란 명칭을 가진 이족 보행 병기였다.

현재 아머드 기어를 능가하는 차세대 대 몬스터 병기로 개발된 타이탄은 뉴 어스의 문명이 만든 최고의 병기로, 최근 복원에 성공한 것이었다.

사실 대 몬스터 병기인 아머드 기어도 뉴 어스의 던전에서 발굴된 타이탄의 잔해를 연구하다 탄생한 병기다.

아머드 기어는 그동안 헌터들이 몬스터를 상대하는 데 많은 힘을 발휘했다. 하지만 한계가 너무도 명확해 아쉬운 부분이 있었다.

중(重)형 이상의 몬스터만 되어도 아머드 기어는 큰 힘을 발휘하지 못했다.

다른 아머드 기어나 일반 헌터들 여럿이 협공을 하면 상대할 수 있었으나, 인간을 위협하는 몬스터는 중(重)형만 있는 것이 아니다.

대형도 있고, 그 이상의 초대(슈퍼)형이 있고, 그 위로 초월적인 강력함을 가지고 있다고 해서 초과(울트라)형이 존재하였다.

본래는 대형 몬스터까지밖에 알려져 있지 않았지만, 미국이 뉴 어스를 조사 중 유사 인류인 엘프와 조우하고 조약을 맺음으로써 듣게 된 사실이었다.

대형 몬스터와 조우하게 된다면 아머드 기어의 숫자는 사실상 소용이 없었다.

대형 몬스터는 그 크기가 20m가 넘어가는 엄청난 크기를 가지고 있으며, 그 몸무게만 해도 150톤이 넘어가는 엄청난 놈들이다.

지구상에 있는 그와 비견되는 생명체는 대양을 돌아다니는 수염고래만이 유일하다.

대형 몬스터의 경우는 바다는 물론이고 육상에도 존재를 했으며, 일부는 하늘도 날아다니는 인간의 상식으로는 도저히 이해가 가지 않는 그런 괴물들이었다.

대형 몬스터는 인간들에게 재앙이나 마찬가지다.

아니, 중(重)형 몬스터 중에서도 10m가 넘어가는 놈들은 아머드 기어로 상대하기에는 벅찬 감이 없지 않았다.

예전 영원의 숲에서 아머드 기어 4기와 싸움을 벌였던 자이언트 트롤 부아칸도 겨우 7m크기의 몬스터였을 뿐이다.

그런데도 부아칸은 4기의 아머드 기어를 압도했다. 이후 자리를 피한 것도 아머드 기어들 탓이라기보다 경쟁자인 타라칸 때문에 피했다는 것이 컸다.

물론 이런 정보는 지구상에 모두 알려진 것이 아니기에, 지금 타이탄을 실험하고 있는 이들은 알지 못하는 사실이었다.

아머드 기어의 한계를 극복하기 위한 노력은 계속되어 왔고, 타이탄의 복원은 그 노력의 일환이었다.

뉴 어스의 던전에서 발굴된 많은 자료 중에 타이탄에 관한 언급을 하는 삽화가 그려진 문서가 있었다. 그 강력함에 대해서 알게 된 지구인들은 타이탄을 복원하기 위해 오랫동안 힘을 써왔던 것이다.

결국 많은 시간과 예산을 들인 끝에 타이탄 복원에 성공할 수 있었다.

엘프들과 함께하는 미국의 레기온 사에서 복원된 타이탄은 솔저급으로, 비록 발굴한 오리지널인 워리어급에는 미치지 못했다. 하지만 아머드 기어와 비교를 하면 하늘과 땅만큼이나 그 갭이 컸다.

우선 덩치가 아머드 기어에 비해 두 배나 컸으며, 무게 또한 네 배나 무거웠다. 그 파워는 아머드 기어를 한 방에 작동 불능으로 만들 수 있을 정도로 강력했다.

뿐만 아니라 아머드 기어보다 크고 무거운 몸체에도 불구하고 그 동작 또한 민첩해, 100m를 이동하는 데 7초 정도밖에 걸리지 않았다.

100m에 7초면 그리 빠르지 않다고 생각할지도 모르지만 그렇지 않다.

7초 동안 100m를 이동할 수 있는 속도를, 탑승자의 체력이 허락하는 한 무한정 유지할 수 있기 때문이다. 거기다 그게 200m가 되고, 300m, 400m… 거리가 늘어날수록 달리는 속도에 가속도가 붙는다. 100m의 열 배인 1,000m를 이동하는 데는 70초의 절반도 걸리지 않았다.

시속으로 따지면 120㎞/h가 되는 것이다. 물론 이 속도로 계속해서 달릴 수는 없겠지만 10m 크기에 100톤이 넘어가는 무게를 가지고 있으면서도 시속 120㎞로 달린다고 생각하면 엄청난 속도였다.

복원한 타이탄의 놀라운 점은 이것만이 아니었다.

바로 타이탄의 움직임이 거의 인간이 움직이는 것과 흡사하다는 것이다.

무슨 말인가 하면, 아머드 기어에 비해 훨씬 부드럽고 자연스러운 움직임을 취할 수 있기 때문에, 에고와의 친화력에 따라 타이탄을 탑승하기 전과 거의 동일한 수준의 움직임을 보일 수 있다는 것이었다.

아머드 기어의 경우도 기본 탑재되는 무기들을 통해 기술을 펼칠 순 있었지만, 타이탄의 자연스러운 움직임에 비할 바가 아니었다.

기계가 가진 관절의 한계 때문이다.

아머드 기어의 관절 또한 인체의 관절을 모방해 만든 것이었지만, 완전히 인간의 것과 똑같을 정도로 정교할 수는 없었다.

그 때문에 동작들이 조금은 딱딱해 아머드 기어를 탑승하고 무기술을 펼칠 때는 제대로 구현되지 않는 부분이 많았다.

미국에서 개발된 아머드 기어용 무기술이 최대한 간단하고, 일격 필살을 위한 동작들로 구성되어 있는 것만 봐도 알 수 있다.

그런데 타이탄은 그런 무기술을 따로 연습할 필요가 없

었다.

타이탄의 관절은 인체의 관절과 아주 비슷해 일부 동작을 빼고는 거의 대부분의 동작을 취할 수 있었다.

실제로 프로토 타입에 탑승하여 테스트를 한 존 웨인이나 저스틴 호크는 테스트가 끝나고 타이탄에서 내리자 연신 환호성을 터뜨렸다.

그 뒤로도 많은 테스터들이 프로토 타입 타이탄을 탑승해 테스트하였다.

이는 개발된 타이탄의 범용성이 어느 정도인지 알기 위한 시험이었다.

물론 많은 헌터가 테스터로 시험에 참여했다고 하지만 모두 국방부 소속의 헌터들로 타이탄의 비밀이 외부로 새어나갈 위험은 없었다.

그런데 레기온 사를 깜짝 놀라게 하는 일이 발생했다.

그것은 다름 아닌 중국에서 전해진 중국발 타이탄의 등장 때문이었다.

전혀 생각지도 못한 곳에서 타이탄의 존재가 알려진 것이다.

타이탄의 존재 자체는 본래 전 세계에 알려져 있었다.

하지만 그 어느 나라도 타이탄을 개발하거나 복원한 나라는 없었다.

그러다 6년 전 동아시아의 한국에서 온전한 형태의 타이탄이 발굴되었다.

그 타이탄을 로비를 통해 자신들과 일본이 각각 한 기씩 구매한 것이다.

미국은 본래 2기 모두 차지하고 싶었지만, 타이탄을 발굴한 노태 그룹에서 일본에 타이탄을 판매함으로써 손에 넣지 못했다.

그나마 타이탄과 함께 발굴된 뉴 어스의 서적으로 인해 뜻하지 않은 소득을 볼 수 있었다.

레기온 사는 일본에 대해서는 크게 걱정하지 않았다. 일단 일본은 자신들보다 기술도 떨어지고, 또 정보도 적었다.

타이탄을 개발하거나 복원을 하기 위해선 뉴 어스에만 존재하는 학문인 마법에 대해 알아야 했다.

다행히 그들은 뉴 어스를 탐사하는 도중 뉴 어스의 인류 중 한 존재인 엘프 일족을 만나는 행운을 얻었지만, 일본에도 마법을 아는 존재가 또 있을 리 없는 것이다.

유럽도 또 다른 뉴 어스의 한 종족을 찾아내 자신들처럼 조약을 맺었다는 것을 알게 되었지만, 그들에 대해서도 그리 걱정을 하지는 않았다.

자신들과 조약을 맺은 엘프들로부터 유럽과 조약을 맺은 이들은 마법이란 힘을 사용하지 못하는 종족이란 것을 알게 되었기 때문이었다.

다만 그들의 야금술이 매우 뛰어나다는 사실을 알게 되었을 뿐이었다.

미국은 엘프들의 이야기를 듣고 왜 유럽의 아머드 기어가 강력한지 이해할 수 있었다.

유럽은 자신들보다 뒤늦게 아머드 기어를 개발했는데도, 전혀 뒤지지 않는 성능을 가지고 있었다.

심지어 어떤 측면에선 유럽의 아머드 기어가 미국의 것보다 뛰어난 면도 있었다. 바로 유럽산 아머드 기어는 움직임이 정교해 자신들이 많은 부분을 포기한 동작도 재현할 수 있다는 것이었다.

좀 자존심이 상하는 일이었지만, 미국은 아머드 기어가 문제가 아니라 타이탄의 개발이 훨씬 중요하다고 판단했다.

그리고 그 결과물이 지금 비밀 실험장에서 테스트를 받고 있었다.

쿵! 쿵!

"지금부터 실전 테스트를 한다."

연구소장 에단 조커가 마이크에 대고 큰 소리로 외쳤다.

스피커에서 소장의 말이 들리기 무섭게 타이탄들이 움직임을 멈췄다.

† † †

"후!"

정진은 오랜만에 아카데미에 있는 자신의 연구실을 찾았
다.

그동안 이북 지역의 도시 방어 마법진을 수정하고 보완하
느라 이곳을 찾지 못했다.

정부의 의뢰를 받은 북한 지역의 도시 재건 사업은 정진
으로서도 심혈을 기울인 프로젝트였다. 때문에 다른 것을
신경 쓸 여유가 없어 이곳을 찾을래도 찾을 수가 없었다.

더욱이 현재 아케인 클랜 소속의 헌터들도 죄다 외부의
일을 하느라 아카데미는 텅텅 빈 상태였다. 누군가를 찾으
러 올 일도 없으니 잠깐이라도 들를 일조차 없었던 것이다.

그런데 중요한 도시 건설 프로젝트가 어느 정도 궤도에
오르고 나니, 정작 클랜장인 자신은 더 이상 직접 할 일이
없었다.

그래서 목걸이에 봉인이 된 로난과 약속했던 타이탄에 대
한 연구를 하기 위해 홀로 아카데미를 찾은 것이다.

"클린!"

한동안 찾지 않아서 그런지 테이블 위에는 먼지가 수북이
쌓여 있었다.

번쩍!

팟!

정진이 청소 마법을 이용해 테이블을 깨끗이 하는 사이, 정진의 목걸이에서 빛이 반짝이더니 정진의 전면에 로난이 나타났다.

[이제 타이탄 연구를 시작하는 건가?]

로난 아케인은 봉인에서 나오자마자 기쁜 듯 말했다.

그는 본래 타이탄을 연구하는 마법사였다. 왕국이 무너질 때에도 몬스터와 몬스터를 뒤에서 조종하는 흑마법사 집단을 막기 위해 보다 강력한 타이탄을 개발하는 임무를 받았던 그였다.

개인적으로도 최고의 타이탄이라 일컬어지는 골든 나이트를 능가하는 타이탄을 개발하는 것이 꿈이던 그이기에 생각하는 모든 것이 타이탄으로 시작해서 타이탄으로 끝나는 것이다.

"맞아. 타이탄을 연구할 계획이야."

정진은 연구실의 문을 열며 대답했다.

우우웅!

그러자 정진의 목에 걸려 있는 목걸이에서 공명음이 울려 퍼졌다.

비록 영혼의 상태이지만 궁극의 경지인 9서클 위저드의

뜻에 대기가 흔들리며 파장이 만들어진 것이다.

정진은 로난의 순수하게 기뻐하는 마음을 느끼고 미소 지었다.

동시에 연구실 전체를 범위로 스펠을 외웠다.

"스페이스 익스펜션(Space Expansion)."

곧 연구실이 누군가 잡아늘리는 것처럼 넓고 높아졌다.

거대한 타이탄을 연구하기에는 연구실이 너무도 작다는 생각에 공간 확장 마법을 시전하였다.

"스페이스 오픈(Space Open)."

이번에는 아공간을 열었다.

정진의 아공간에는 죽음의 협곡에 있던 던전에서 발견한 타이탄들이 모두 있었다.

로난과 그의 동료들이 오랜 기간 연구, 개발했던 프로토타입 타이탄들이었다.

정진은 던전을 떠날 때 로난이 봉인된 목걸이 외에도 그곳에 있던 모든 물건들을 하나도 남김없이 아공간에 담아왔다.

타이탄은 물론이고 마법서와 실험도구, 마지막에는 뉴 어스의 역사가 담겨 있는 벽화마저 떼어내 가져온 것이다.

그렇게 가져온 것들 중 교육에 필요한 서적류들은 이곳 아카데미에 풀어놓고, 아케인 클랜 소속 헌터들을 교육시킬 때 사용하였다. 조금 위험한 물건, 타이탄과 확인되지 않은 아티팩트와 포션류들은 검증을 하기 전까진 아공간에 보관하기로 결정했던 것이다.

"타이탄, 테이크 아웃(Take Out)."

정진은 아공간에 있는 물건 중 타이탄만을 꺼냈다.

넓어진 연구실 한쪽에 커다란 타이탄이 원래 그 자리에 있었던 것처럼 한순간에 나타났다.

연구실에 나타난 타이탄은 한 기가 아니었다.

나타난 타이탄의 모습은 비슷비슷하게 보였지만 덩치나 장갑의 표면에 그려진 문양은 제각각이었으며, 그 느낌마저도 달랐다.

어느 타이탄은 보는 것만으로도 강력한 힘을 느끼게 하였으며, 또 어떤 타이탄은 그 생김새만으로도 날렵함을 엿볼 수 있었다.

정진이 이번에는 허공에 손을 휘저었다. 정진의 손이 있는 주위가 흐릿해지고, 허공에 휘젓던 그의 한쪽 손도 흐릿해졌다.

작은 아공간을 만들어 그 안으로 손을 넣은 것이다.

타이탄의 크기가 크기인지라 일부러 스펠까지 외워 크게 오픈했지만, 이번에는 굳이 그렇게 큰 출구는 필요가 없기에 의식만으로 열 수 있는 작은 통로를 만든 것이었다.

정진이 아공간에 넣었던 손을 꺼내자 그의 손에는 두꺼운 책이 한 권 들려 있었다.

두께가 10㎝는 될 법한 아주 크고 두꺼운 책이었다.

책의 겉표지에는 룬 문자로 타이탄이란 글자가 적혀 있어, 한눈에 그 책이 타이탄과 연관이 있음을 알 수 있었다.

목걸이에 있는 로난은 정진이 아공간에서 물건들을 꺼내는 것을 조용히 지켜보았다. 그는 아주 오래전 일을 떠올리고 있었다.

✝ ✝ ✝

짹짹! 짹짹!

햇살이 따뜻한 싱그러운 아침.

넓은 연병장에서 많은 숫자의 기사들이 연무를 하고 있었다.

연병장을 둘러싼 담과 나무들에서는 새들이 아침이 밝았음을 노래하고 있었다.

"합!"

"하아!"

챙! 챙챙!

탁! 타닥!

하루의 시작을 알리는 소리가 들리는 그때, 커다란 첨탑이 보이는 한 건물에서 흰색 로브를 걸친 장년의 사내가 열심히 무언가를 적고 있었다.

하지만 뭔가 마음에 들지 않는 것인지 잠시 적고 있던 손을 멈추고 잠시 들여다보더니 인상을 찡그리고는, 손에 힘을 주어 종이를 구겨 바닥에 던져 버렸다.

그러고는 조금 전에 하던 동작을 다시 반복하며 테이블 위에 놓인 종이에 열심히 그림을 그리고 글을 적기 시작했다.

한참을 그렇게 작업하던 그가 누군가를 불렀다.

"로난, 로난!"

장년인이 소리를 지르자 아직 앳된 목소리가 들려왔다.

"네, 스승님! 저 여기 있어요."

연구실 한쪽 구석에 쪼그려 앉아 있던 14~16살은 되어 보이는 어린 소년 하나가 고개를 들며 대답하였다.

"그래, 이것을 6층의 길리엄에게 가져다 주거라."

로난의 스승인 벨포드 아케인은 제자인 로난에게 조금 전까지 작업했던 종이를 건네주었다.

"알겠습니다."

로난은 스승의 심부름에 얼른 대답하며 그것을 받아들었다.

덜컹!

문을 열고 밖으로 나온 로난은 계단을 타고 6층으로 내려갔다.

똑! 똑! 똑!

로난은 길리엄 아케인의 연구실 방문에 노크를 하였다.

끼이익!

그러고는 안에서 들어오라는 허락도 받지 않고 바로 문을 열었다. 어차피 자신이 노크를 해봐야 안에서는 아무런 소리도 돌아오지 않을 것을 알기 때문이다.

아니나 다를까. 문을 열고 안으로 들어가니 방의 주인인 길리엄이 테이블 위에 놓인 무언가를 만지며 시름에 잠겨 있는 모습이 보였다.

아케인 마탑의 고위 마법사답지 않게 그는 품위도 없이 정돈되지 않은 머리에 지저분한 로브를 입고, 손에는 기름때가 묻어 있는 모습이었다.

"아, 씨! 왜? 왜 작동을 하지 않는 것이지?"

그는 지름 30㎝ 정도 되는 구체를 들여다보며 작게 중얼거렸다.

계산대로라면 분명 작동해야 했다.

그런데 아무리 마력을 불어넣어도 구체가 작동하지 않았고, 그것은 며칠째 그를 잠도 자지 못하게 한 중대한 문제였다.

"길리엄 님!"

"어억! 뭐야?"

한참 신형 타이탄에 들어갈 엑시온을 연구하며 고심을 하던 길리엄은 갑자기 들린 큰소리에 깜짝 놀랐다.

"어? 로난이었구나. 그래, 무슨 일이냐?"

언제 그랬냐는 듯 길리엄은 아무렇지 않게 소리를 지른 로난을 나무라지 않고 금세 근엄한 표정을 지었다.

"네. 스승님께서 이걸 길리엄 님께 가져다드리라고 했습니다."

로난은 조금 전 스승이 준 종이 뭉치를 들어 길리엄에게 주었다.

"여기……."

로난은 종이 뭉치를 길리엄에게 주며 그의 연구실을 살폈다.

반짝!

길리엄의 연구실을 살피던 로난의 눈에 재미난 것이 보였다.

2m 크기의 작은 골렘이었는데, 골렘의 몸을 이루는 것은 값비싼 미스릴이었다.

그 가격만도 같은 무게의 금의 3배나 되는 무척이나 비싼 마법 금속이었다.

너무도 비싼 금속이라 부탁주인 자신의 스승도 저 정도 크기의 미스릴 골렘은 가지고 있지 않았다.

"길리엄 님. 이거, 미스릴인가요?"

혹시나 싶은 생각에 로난은 길리엄에게 물었다.

"응?"

한참 로난이 전해준 종이를 살피던 길리엄은 고개를 돌리고 돌아보았다.

"여기 골렘 말이에요. 미스릴 골렘이 맞아요?"

질문을 하면서도 로난은 혹시나 순도 100%의 미스릴보다는 좀 더 저렴한 미스릴 합금으로 만든 골렘이 아닐까, 생각했다. 그만큼 미스릴은 비쌌던 것이다.

"그래. 100% 미스릴로 만든 것이다."

대답을 하는 길리엄 마법사의 입가에는 자부심 가득한 미소가 떠올라 있었다.

"와! 스승님도 통짜 미스릴 골렘은 없는데… 어떻게 만드신 거예요?"

로난이 눈을 반짝이며 묻자, 길리엄은 꽤 기분이 좋은 듯 소리 내어 웃었다.

"하하, 그건 골렘이 아니란다."

"네? 골렘이 아니었어요?"

길리엄의 대답을 들은 로난은 고개를 갸웃거리며 눈앞에 있는 2m 크기의 그것을 쳐다보았다.

지금 보고 있는 것이 골렘이 아니면 뭐란 말인가? 그렇다고 기사들이 입고 있는 플레이트 메일도 아니다. 비록 나이가 많지는 않지만 기사들의 모습을 매일 보고 있기에 그들이 입는 갑옷이 어떤 형태를 하고 있는지 잘 알고 있었다.

그런데 지금 보고 있는 것은 기사의 갑옷이라고 하기에는 그 생김새가 너무 달랐다.

그래서 조금 독특한 형태의 골렘이려니 생각한 것이다.

"그건 고르곤이라는 것이다."

"고르곤이요? 그건 뭔가요?"

로난은 길리엄의 말에 고개를 갸웃거렸다.

"고르곤이란 바로 마갑의 일종이다."

"마갑이요? 이게 매직 아머란 말이에요?"

로난은 고르곤에서 눈을 떼지 않은 채 놀라워했다.

"물론 매직 아머의 일종이긴 하지만 어떻게 보면 네가 조금 전에 말한 골렘이기도 할 수도 있겠구나."

매직 아머면 매직 아머지, 골렘이기도 하다는 말은 또 무슨 소리란 말인가? 더욱 알 수가 없자 로난은 눈만 멀뚱멀뚱 뜨고 길리엄을 쳐다보았다.

"너도 배웠으니 알 것이다."

길리엄 마법사는 로난의 질문에 미소를 지으며 설명을 하기 시작했다.

고르곤이란 기사가 사용하는 매직 아머의 일종으로, 과도기적인 물건이었다.

처음 기사들의 무기는 가공이 편한 가죽으로 된 레더 아머였다.

그러다 기술이 발전하면서 방어력을 높이기 위해 철로 된 금속을 사용하여 혼합된 형태의 아머가 만들어졌다. 조금 더 시간이 지나자 금속판으로 만든 판갑이 등장했고, 곧 움직임을 조금 더 개선한 찰갑이 나왔다.

찰갑은 착용자의 동작을 제한하는 점을 보완해 작은 철판 여러 개를 연결해서 조금 더 움직임을 편하게 만든 갑옷이었다.

하지만 무기의 발달로 찰갑은 금방 사라졌고, 강력한 금속판으로 전신을 가리는 플레이트 메일이 나왔다.

하지만 플레이트 메일은 방어력은 뛰어났으나 너무도 무거워 혼자서는 입을 수조차 없었다. 그래서 전장에서 신속한 움직임을 보일 수가 없었다.

문제가 있다고 판단한 귀족들은 많은 돈을 들여 마법사들에게 무게를 줄여주는 마법을 갑옷에 새겨주기를 요구하였다.

이것이 최초의 매직 아머였다.

마법진을 이용해 플레이트 메일의 무게를 줄이니 뛰어난 방어력을 가졌으면서도 가벼운 갑옷이 탄생한 것이다.

이전에는 전장에서 넘어지면 아무리 단단한 플레이트 메일을 입은 기사라도 바로 끝장이었다.

하지만 마법으로 인해 가벼워지자 신속하게 몸을 일으킬 수 있게 되면서 매직 아머는 기사들에게 크게 호응을 받았다.

시간이 지나면서 경제적으로 어느 정도 여유가 있는 기사들은 모두 마법이 탑재된 매직 아머를 입게 되었다.

방어구의 발전은 또다시 무기의 발전으로 이어졌다. 마치 창과 방패가 서로 경쟁을 하듯 함께 발전하였다.

그리고 이러한 발전은 당연하다는 듯이 인간들의 욕망도 함께 키웠다.

우수한 무기와 방어구를 가진 나라들부터 전쟁을 하기 시작한 것이다.

그렇게 하다 나온 것이 고르곤이었다.

전장에서 가장 먼저 목표가 되는 존재는 적군의 사령관도 아니고, 유명한 기사도 아니다.

누구보다 가장 우선순위로 제거해야 할 적은 바로 마법

사다.

아무리 잘 싸우는 기사도 전장에서 혼자서 죽일 수 있는 사람의 숫자는 100을 채 넘지 못한다.

하지만 마법사는 기사와는 다르게 대량 살상이 가능하다.

겨우 백 단위가 아니라 능력만 따라준다면 천 단위의 숫자를 혼자서 감당할 수 있는 존재가 바로 마법사였다.

그렇기에 사람들은 마법사를 일컬어 전장의 화신이라 불렀다.

그것은 마법사의 무서움을 잘 가리키는 말이었다.

자연히 마법사가 가장 먼저 타깃이 되었고, 그를 지키기 위해 많은 숫자의 기사들이 전장에 나가지 않고 호위했다.

하지만 타인의 보호를 받는다고 무조건 안전한 것은 아니었다. 마법사는 강력한 공격을 할 수 있는 만큼 상대적으로 방어가 취약했는데, 기사들의 보호 속에서도 마법사들은 곧잘 작은 공격에도 목숨을 잃어야 했다.

그러자 마법사들은 본인의 안전을 지키기 위한 연구를 하기 시작했다.

그들은 그 해답을 골렘에서 찾았다.

골렘은 다른 말로 마법사의 하인이라고도 부른다. 마법사의 뜻에 따라 움직이는 인영이기에 당연한 말이기도 했다.

마법사들은 그런 골렘을 부려 자신의 안전을 도모하기로

했고, 그것은 상당한 효과를 보았다.

하지만 아무리 골렘을 부린다고 해도 100% 안전하지는 않았다.

동작이 굼뜬 골렘을 피해 마법사를 공격하는 일이 빈번하게 일어난 것이다.

마법사들은 또다시 안전할 수 있는 방법을 고민했다.

그리고 연구 끝에 찾아낸 방법은 바로 마법사 자신이 직접 부리는 골렘의 몸 안에 들어가는 것이었다.

골렘에도 가장 하급인 진흙으로 만들어지는 크레이 골렘, 단단한 돌로 만들어지는 록 골렘, 그리고 강철로 만들어지는 아이언 골렘 등 많은 종류가 있다.

이 중에서도 인간인 마법사가 탑승을 하기에 용이한 것은 바로 아이언 골렘이었다.

다른 골렘은 마법사가 탑승하려면 별도의 조치가 필요하지만, 아이언 골렘은 만들 때부터 마법사가 탑승할 공간을 만들어두면 간단했던 것이다. 녹이고 다시 굳혀 마법진 등을 다시 새기는 게 용이한 금속형 골렘이 가지는 장점이었다.

탑승형 골렘을 만들어낸 이후, 마법사들의 안전은 어느 정도 해결이 되었다.

하지만 이것도 단점이 없는 것은 아니었다. 마법사가 골렘 안에 탑승을 하게 되니 정작 필요할 때 마법을 사용하기 어려웠던 것이다.

마법을 사용하기 위해선 골렘의 밖으로 나와야 했고, 적이 몰려오면 다시 안전을 위해 골렘 안으로 탑승을 하다 보니 효용이 떨어졌던 것이다.

뒤늦게 안전을 너무 생각한 나머지 자신들의 본분을 잊어버렸다고 판단한 마법사들은 다시 생각하기 시작했다.

누가 뭐라 해도 마법사는 대량 살상을 할 수 있어야 하는데, 마법 한 번 사용하고 숨고 다시 마법 한 번 사용하고 골렘에 숨는 것을 반복하니 효율이 떨어질 수밖에 없었다.

그렇게 해서 나온 것이 바로 고르곤이었다.

마법사들은 기사들을 위해 개발된 매직 아머에 주목했다.

다만 기사들은 본연의 마력을 운용하여 갑옷에 새겨진 마법진을 사용하는데, 마법사는 자신이 골렘의 코어가 되어 본인이 골렘이 된다는 점이 비슷하면서도 달랐다.

궁극적으로 이 고르곤이 발전하여 최고의 전쟁 병기인 기간트, 현재의 타이탄으로 발전하였다.

입는 골렘이 더욱 거대해져 골렘 본연의 이름에 걸맞게 커진 것이다.

하지만 시간이 흘러 기간트는 마법사를 위한 발명이 아닌, 기사들을 위한 발명이 되고 말았다.

참으로 아이러니한 일이 아닐 수 없었다.

로난은 길리엄의 설명을 듣고는 눈을 깜빡였다.

눈앞에 보고 있는 고르곤이 기간트의 원형이라는 길리엄의 말에 심장이 두근거렸다.

그도 왕궁에 살면서 기간트를 본 적이 있었다.

거대한 크기에 커다란 무기를 들고 싸우는 모습은 마치 군신들이 세상을 두고 대결을 벌이는 것처럼 장엄했다.

"참! 벨포드님께 오늘 그란의 최종 시험이 있다고 말씀드려라."

로난이 상념에 빠져 있을 때, 길리엄이 그의 뒤에서 말을 하였다.

"네? 그란이 오늘 시험을 하나요?"

그란은 지금까지 개발된 기간트 중 가장 강력한 기간트였다. 골든 나이트에 대항하고자 왕국의 기간트 제작자들이 모두 모여 개발해 낸 기간트인 것이다.

마탑의 경계마저 잊고 참여하여 10여 년의 연구 끝에 완성했고, 그래서 첫 번째를 뜻하는 그란이란 이름을 붙여주었다.

"길리엄 마법사님. 저도 구경을 가도 되나요?"

로난은 눈을 반짝이며 질문하였다.

사실 아케인 왕실 마탑의 부탑주를 스승으로 두고 있고,

또 출신이 바로 아케인 왕국의 왕족이다 보니 로난이 가고
자 하면 막을 사람은 아무도 없었다.

하지만 로난은 자신의 특별한 신분을 내세우지 않았다.

새롭게 개발된 기간트 그란은 왕국 최고의   제작자들이
심혈을 기울인 극비 중의 극비의 존재다. 신분을 내세워 보
겠다고 고집을 부려봤자 역효과일 것이다. 그래서 로난은
별말 없이 불안한 눈으로 길리엄 마법사를 지켜볼 뿐이었
다.

"음……."

길리엄 마법사는 로난의 질문에 잠시 대답을 하지 않고
로난을 지긋이 쳐다보았다.

'호, 요놈 봐라.'

나이에 비해 의젓한 모습만 보여 애늙은이란 별명을 가지
고 있던 로난이 갑자기 평소에 보이지 않던 모습을 보이자,
좀 재미있기도 했다. 호기심 가득한 그 눈빛에 길리엄은 잠
시 놀려주고자 하는 마음으로 바로 대답해 주지 않고 뜸을
들였다.

갑자기 아무 말도 하지 않고 있는 길리엄의 모습에 로난
은 그가 자신을 놀리기 위해 그런 줄도 모르고 불안에 떨었
다.

"흠, 그란의 시험 운행은 극비인데 말이지……."

다시 한 번 제대로 된 대답을 하지 않고 두루뭉술하게 말 끝을 흐리는 길리엄의 태도에 로난의 얼굴은 급기야 울 것 처럼 변했다.

그런 로난의 모습에 속으로 웃던 길리엄은 결국 밝게 웃 으며 대답해 주었다.

"하하, 걱정 말거라. 어차피 왕실에서도 그란의 이번 시 험 운행을 참관할 것이니, 구경 와도 된다."

그란의 시험은 왕국의 고위 인사들을 모시고 최종 실전 시험 기동을 하는 것이기에 더 이상 극비라고 할 수 없었 다.

"정말인가요? 그럼 저도 구경을 가도 되는 거죠?"

"그렇다니까."

스승을 옆에서 보조하면서 그란이 제작되는 곁에서 지켜 보던 로난이다. 로난은 그란이 실제로 움직이는 것을 두 눈 으로 꼭 보고 싶었다.

그저 설계도만 본 것과 실제로 제작된 모습은 어떻게 다 른지, 그리고 기존의 타이탄과는 또 어떻게 다른지도 알고 싶었다.

"알겠습니다. 그럼 전 이만 가볼게요. 좀 있다가 봬요."

로난은 대답과 함께 더 이상 미스릴로 제작된 고르곤에 관심을 두지 않고 빠르게 밖으로 뛰어나갔다.

쿵쾅! 쿵쾅!

"마탑에서 뛰지 말라고 했지!"

"네! 죄송해요!"

쿵쾅! 쿵쾅!

하지만 들려온 것은 말뿐이었다. 너무 기쁜 마음에 로난은 길리엄의 경고가 귀에 들어오지 않았다.

빨리 길리엄의 말을 스승에게 알리고, 그란이 제작되고 있는 마탑 지하 공방으로 달려가고 싶은 마음뿐이었다.

† † †

정진이 아공간에서 타이탄을 꺼내자 그것을 보고 있던 로난은 오랜만에 옛 생각에 감회가 새로웠다.

그의 시선은 그중 한 타이탄에 가 있었다.

로난의 눈은 무척이나 복잡한 감정들에 뒤엉켜 있었다.

한때는 왕국 최고의 찬사를 받던 기간트, 하지만 그 영광은 오래 가지 않았다.

속속 등장하는 동급의 기간트에 밀려 그 영광은 채 10년도 가지 못하고 시들어갔다.

아니, 그 뒤로는 경멸의 이름으로 더 널리 알려졌다.

첫 번째 존재인 그란이란 영광된 이름에서 바그란이란 경멸이 담긴 명칭으로 더욱 이름을 떨친, 하지만 로난은 그 기간트을 보면서도 안타까운 마음만이 가득했다.

다른 신형 챔피온급 기간트는 골든 나이트와의 대결에서 패하고 성능 업그레이드를 하면서 강력해졌지만 그란은 그러지 못했다.

초기 설계가 너무도 완벽했기에 어느 부분을 빼고 넣고 할 수 있는 상태가 아니었기 때문이었다.

그 때문에 초기의 영광은 시들해졌고, 왕국의 제작자들은 절망하였다.

그중에는 로난의 스승도 있었고, 그가 그렇게 따르던 길리엄 마법사도 있었다.

아케인 왕국. 아니, 뉴 어스에 존재하는 기간트 제작자 중에서 최고로 꼽히던 그들이지만 그란을 더 이상 업그레이드 할 수 없었다. 그 절망감은 이루 말할 수 없는 것이었다.

그 때문에 로난의 스승과 존경해 마지않던 길리엄 마법사는 그란을 업그레이드 하는 것에 일생을 바쳤다.

"로난?"

[응?]

"어떤 것부터 연구를 해야 하는 거야?"

정진이 꺼내놓은 타이탄을 멍하니 쳐다보고 있는 로난을 불렀다.

타이탄에 관해선 아무것도 모르는 정진이기에 무엇을 먼저 해야 할지 몰랐던 것이다.

그제야 정진에게 시선을 돌린 로난은 테이블 위에 쌓인 마법서와 서류 더미들을 보게 되었다.

[이것을 먼저 보도록 해라.]

로난이 말하자, 테이블에 놓여 있던 수많은 책들 중 하나가 허공으로 떠올랐다.

"어떤 내용이지?"

[그건 타이탄이 개발되기까지의 연구 일지다.]

"그래?"

로난의 대답을 들은 정진은 연구 일지를 펼쳐 읽어보았다.

일지의 초반부에는 골렘을 이용한 마법사들의 전투에서부터 그것을 개량하여 전투를 벌이던 당시의 사연과 불편한 점 등, 연구 일지라기보다 타이탄이 탄생 비화를 적어 놓은 역사책 같았다.

혹은 어떻게 보면 마법사가 얼마나 어려운 직업인지 푸념을 하는 낙서장 같기도 했다.

수 장을 넘기고 나서야 방금 전 로난이 말한 것처럼 타이탄에 대한 연구 일지가 나오기 시작했다.

한참을 읽던 정진은 시선을 떼고 로난을 돌아보며 부탁하였다.

"로난."

[왜 그런가? 정진.]

"미안한데, 여기 있는 것들을 집필 연도별로 정리해 줄 수 있어? 두서없이 꺼내다 보니 마구 뒤섞여 어떤 것부터 봐야 할지 모르겠어서 말이야."

어떻게 연구해야 할지는 대략적으로 느낌이 왔다.

하지만 그전에 봐야 할 이론들이 너무도 많았다.

아공간에 보관해 놓은 타이탄에 관한 서적들을 마구잡이로 꺼내다 보니 쌓여 있는 서적들의 순서가 뒤엉켜 있어 분간할 수가 없었다.

[알겠다. 내게 맡겨라.]

로난은 정진의 부탁에 얼른 대답하고 테이블 위에 마법을 시전하였다.

[클래서피케이션(Classification).]

마법이 시전되자 테이블 위에 있던 마법서들이 공중에 떠오르더니 마구 뒤섞이기 시작하였다.

그러고는 마법서들이 일렬로 정렬을 하더니, 그대로 테이블 위에 내려앉았다.

쿵!

모두 종이로 된 마법서였지만 양이 많다 보니 테이블이

흔들릴 정도였다.

정진은 마법서들이 정리되자 그중 한 권을 꺼내들어 읽어
보았다.

사실 골렘 마법이야 정진도 잘 알고 있는 마법이었다.

예전 노태 클랜의 사장인 노인태의 사주를 받았던 다크
헌터들을 처리하고 노획한 아머드 기어를 보면서 한때 그것
을 연구해 타이탄을 만들어 볼 생각을 했다.

하지만 당시에는 그것을 연구할 만한 여건이 되지 못했
다.

노태 그룹과의 문제도 있었고, 헌터 클랜이 아닌 일개 헌
팅 팀을 구성하고 있던 작은 집단인 시절이라 금방 현실에
가로막혔다.

다만 나중에 여건이 되면 연구해 볼 생각을 가슴 깊은 곳
에 묻어두고 있었다.

그런데 뜻밖에 로난을 만나게 되면서 기회가 찾아왔다.

단순히 아머드 기어가 아니라 타이탄의 기초부터 연구를
할 수 있게 된 것이다.

그의 곁에는 최고의 타이탄 개발자가 있으니, 중국에서
타이탄에 탑승한 헌터가 나오거나 미국에서 타이탄을 복원
했다는 소식이 들려왔어도 전혀 걱정이 되지 않았다.

지금이라도 자신이 보유한 타이탄을 세상에 내놓게 된다

면 모든 사람들의 관심은 자신과 아케인 클랜에 쏠릴 것이다.

하지만 정진은 그럴 생각이 없었다. 이미 세간의 관심을 한 몸에 받고 있는 아케인 클랜이다.

아무런 사전 정보도 없이 섣불리 타이탄을 공개했다간 무슨 일이 벌어질지 아무도 모른다.

누군가 욕심을 부려 아케인 클랜을 이용하려고 들거나, 타이탄을 빼앗으려 할 수도 있는 것이다.

정부에서마저 지금까지의 좋은 관계를 뒤집고 자신과 아케인 클랜을 억제하려고 할지도 모른다. 설마 하니 쉽게 그런 일을 벌이진 않겠지만, 앞일은 모르는 법이다.

정진은 최대한 힘을 기르고, 남들이 감히 엄두도 내지 못할 정도의 힘을 가졌을 때 타이탄에 대해서도 공개할 생각이었다.

그때도 그리 멀지 않았다.

이미 기본 준비는 되어 있다. 따로 자신이 준비할 것만 남아 있을 뿐이다.

그는 아케인 클랜원들이 사용할 타이탄을 개발할 생각이었다. 그것만 완성된다면 그 뒤는 더 이상 무서울 게 없었다.

외부의 압력을 견디지 못할 정도가 된다면 모든 클랜원들을 이끌고 뉴 어스로 넘어오면 된다.

북한 지역을 재건하는 프로젝트를 맡으면서 도시 방어 마법진도 개발했으니, 뉴 어스에 같은 방식으로 아케인 클랜 소유의 도시를 건설한다면 클랜원들의 식구들까지도 모두 안전하게 살 수 있었다.

어차피 도시 방어 마법진이 개발되었으니 지구나 뉴 어스 사이는 점차 그 구별이 모호해질 것이 분명했다.

분명 뉴 어스에서도 조만간 영토 확장 경쟁이 벌어질 것이다. 타이탄이 개발되었으니 지금까지 차마 노리지 못했던 몬스터들도 잡을 수 있을 것이고, 들어가지 못했던 곳도 들어갈 수 있게 될 테니까.

정진은 고개를 흔들며 잡념을 털어냈다.

다시 타이탄 연구 일지에 시선을 집중한 정진은 타이탄의 개요와 타이탄이 개발된 목적, 그리고 그것이 발전되어 가는 방향부터 차근차근 읽어 내려갔다.

〈『헌팅 프론티어』제12권에서 계속〉